COLLECTION FOLIO

Laura Alcoba

Manèges

Petite histoire argentine

Gallimard

Romancière et traductrice, Laura Alcoba a vécu en Argentine jusqu'à l'âge de dix ans. Elle a déjà publié aux Éditions Gallimard *Manèges : Petite histoire argentine*, traduit dans de nombreux pays, *Jardin blanc*, *Les passagers de l'*Anna C., *Le bleu des abeilles* et *La danse de l'araignée*, qui a reçu le prix Marcel Pagnol 2017.

à Diana E. Teruggi

Un souvenir, mon ami.
Nous ne vivons qu'en avant ou en arrière.

GÉRARD DE NERVAL

Tu dois te demander, Diana, pourquoi j'ai tant tardé à raconter cette histoire. Je m'étais promis de le faire un jour, mais plus d'une fois je me suis dit que le moment n'était pas encore venu.

J'avais fini par croire qu'il valait mieux attendre d'être vieille, très vieille même. L'idée me paraît curieuse maintenant, mais longtemps j'en fus persuadée.

Il fallait que je sois seule ou presque.

Il fallait que les quelques survivants de cette histoire ne soient plus de ce monde – ou bientôt plus – pour que j'ose évoquer ce bout d'enfance argentine sans craindre leur regard et une certaine forme d'incompréhension que je croyais inévitable. Je redoutais qu'ils ne me disent : « À quoi bon remuer tout ça ? » Et je me sentais gênée à l'avance d'avoir à m'expliquer. Il ne me restait plus qu'à laisser faire le temps pour atteindre ce lieu de solitude et de délivrance que j'imagine être la vieillesse. C'est exactement ce que je pensais.

Puis, un jour, je n'ai plus supporté l'attente. Tout d'un coup, je n'ai plus voulu attendre d'être si vieille et si seule. Comme si je n'avais plus le temps.

Ce jour, je crois bien qu'il correspond à un voyage que j'ai réalisé en Argentine avec ma fille à la fin de l'année 2003. Sur place j'ai cherché, j'ai rencontré des gens. Je me suis mise à me souvenir bien plus précisément que par le passé. Le temps avait fini par faire son œuvre beaucoup plus vite que je ne l'avais imaginé : désormais, il devenait pressant de raconter.

M'y voici.

Je vais évoquer cette folie argentine et toutes ces personnes emportées par la violence. Je me suis enfin décidée parce que je pense bien souvent aux morts, mais aussi parce que je sais qu'il ne faut pas oublier les survivants. Je suis à présent convaincue qu'il est très important de penser à eux. De s'efforcer de leur faire aussi une place. C'est cela que j'ai tant tardé à comprendre, Diana. Voilà sans doute pourquoi j'ai tant attendu.

Mais avant de commencer cette petite histoire, j'aimerais te dire une chose encore : si je fais aujourd'hui cet effort de mémoire pour parler de l'Argentine des Montoneros, de la dictature et de la terreur à hauteur d'enfant, ce n'est pas tant pour me souvenir que pour voir, après, si j'arrive à oublier un peu.

1

La Plata, Argentine, 1975

Tout a commencé quand ma mère m'a dit : « Alors, tu vois, nous aussi, nous aurons une maison avec des tuiles rouges et un jardin. Comme tu voulais... »

Ça fait quelques jours déjà que nous sommes dans notre nouvelle maison, loin du centre-ville, aux abords des immenses terrains vagues qui entourent La Plata, là où la ville n'est presque plus et où la pampa n'est pas encore. Devant la maison, il y a une vieille voie ferrée désaffectée, quelques détritus qui semblent avoir été oubliés là il y a très longtemps. Parfois, une vache.

Jusqu'ici, nous habitions un petit appartement dans une tour de ciment et de verre de la Plaza Moreno, juste à côté de la maison de mes grands-parents maternels et face à la cathédrale.

J'ai souvent rêvé tout haut la maison où j'aurais voulu habiter, une maison avec des tuiles rouges, un jardin, une balançoire et un chien.

Une maison comme toutes celles que l'on voit dans les livres pour enfants. Une maison comme toutes celles que je passe mon temps à dessiner, aussi, avec un gros soleil bien jaune juste au-dessus et un bac à fleurs à côté de la porte d'entrée.

J'ai l'impression qu'elle n'a pas bien compris. Quand je parlais d'une maison avec des tuiles rouges, c'était une manière de parler. Les tuiles auraient pu être rouges ou vertes. Ce que je voulais, c'est avoir la vie qui va dedans. Des parents qui rentrent tous les soirs du travail pour dîner. Des parents qui font des gâteaux le dimanche en suivant des recettes que l'on trouve dans de gros livres de cuisine avec plein de photos sur papier glacé. Une jolie maman avec des ongles longs et vernis et des chaussures à talons. Ou avec des bottes marron et un sac à main de la même couleur. Ou alors sans bottes, mais avec un grand manteau bleu à col rond. Ou gris. En fait, ce n'était pas du tout une question de couleur, pas plus pour les tuiles que pour les bottes ou le manteau. Je me demande comment nous avons pu si mal nous comprendre, ou alors si elle fait semblant de croire que mon rêve à moi, c'était juste une affaire de jardin et de rouge.

D'ailleurs, c'est au chien que je tenais le plus.

Ou au chat. Je ne sais plus.

*

Elle se décide finalement à m'expliquer un peu ce qui se passe. Si nous avons quitté notre appartement, c'est parce que maintenant les Montoneros doivent se cacher. C'est nécessaire parce qu'il y a des personnes qui sont devenues très dangereuses : ce sont les hommes des commandos de l'AAA, la Alianza Anticomunista Argentina, qui enlèvent les militants comme mes parents et les tuent ou les font disparaître. Alors il faut que nous nous mettions à l'abri, que nous nous cachions et aussi que nous répliquions. Ma mère m'explique que ça s'appelle « vivre dans la clandestinité » : « Maintenant, nous allons vivre dans la clandestinité », voilà exactement ce qu'elle a dit.

J'écoute en silence. Je comprends bien ce que ma mère me dit mais ne pense qu'à poser une question : l'école. Si nous vivons cachés, comment ferai-je pour aller à l'école ?

« Pour toi, ce sera comme avant. Il faudra juste que tu ne dises à personne où nous habitons, pas même à la famille. Nous te déposerons au bus tous les matins. Tu descendras toute seule Plaza Moreno, tu reconnaîtras. C'est simple, le bus s'arrête juste devant la porte de la maison des grands-parents. Ils s'occuperont de toi dans la journée. Nous trouverons bien un moyen pour te récupérer le soir. »

*

Je suis toute seule dans un bus clinquant, entièrement recouvert de motifs rouges et argentés, mais non moins cabossé et bringuebalant. Les grosses mains du chauffeur s'accrochent à un volant tapissé de moquette vert et orange. À gauche du conducteur il y a aujourd'hui, comme presque toujours, une photo de Carlitos Gardel, avec son éternelle écharpe blanche et son chapeau légèrement rabattu sur les yeux. Il y a aussi une image de la Vierge de Luján, cette toute petite bonne femme perdue sous un immense manteau bleu ciel recouvert d'arabesques dorées, écrasée par sa couronne de pierres et aussi par tous les rayons qui se dégagent de son corps glorieux. Il y a également des autocollants qui indiquent aux passagers que le chauffeur du bus est un supporter de Gimnasia y Esgrima de La Plata. Pour que les choses soient claires, il a même planté un petit drapeau, bleu et blanc, aux franges délavées, sur le dossier de son siège. Quant à la grande bande autocollante aux couleurs de l'Argentine, sur la partie supérieure du pare-brise, elle est la même pour tous les chauffeurs, qu'ils soient supporters d'Estudiantes ou même de Boca Juniors, la grande équipe de football de la capitale.

Dans le quartier où nous habitons maintenant, la chaussée est criblée de trous profonds entre lesquels les bus et les voitures tentent de se frayer le chemin le plus clément possible. Heureusement, les secousses diminuent à mesure que l'on approche du centre-ville et de la Plaza Moreno.

*

Pour la trappe dans le plafond, je ne dirai rien, promis. Ni aux hommes qui pourraient venir poser des questions ni même aux grands-parents.

Papa et maman cachent des journaux et des armes là-dedans, mais je ne dois rien dire. Les autres ne savent pas que nous, nous avons été obligés d'entrer en guerre. Ils ne comprendraient pas. Pas encore, en tout cas.

Maman m'a parlé d'un petit garçon qui avait vu la cachette que ses parents avaient dissimulée derrière un tableau. Mais les parents avaient oublié de dire à l'enfant combien il était important de se taire. Il était tout petit, il savait à peine parler. Sans doute ont-ils pensé que c'était inutile, qu'il ne pouvait rien dire à qui que ce soit ou que, de toute façon, il ne comprendrait pas leurs mises en garde.

Quand les hommes de la police sont arrivés chez eux, ils ont fouillé partout, mais ils n'ont rien trouvé. Pas une arme, pas un journal militant, pas même un livre interdit. Il y en a beaucoup, pourtant, qui figurent sur la liste des livres interdits. Mais rien chez eux n'avait pu être considéré comme « subversif ». C'est que les hommes qui étaient venus fouiller n'avaient pas pensé à regarder derrière le tableau.

Alors qu'ils s'apprêtaient à partir, déjà sur le seuil de la porte, l'un d'entre eux est revenu sur ses pas. Il lui est subitement venu à l'esprit que pendant la perquisition le petit garçon, celui-là même qui connaissait quelques mots à peine, avait plusieurs fois montré du doigt un tableau en disant : « *¡Ahí! ¡Ahí!* » L'homme a décroché le tableau… Ils sont tous en prison maintenant, tout ça à cause d'un petit garçon qui savait à peine parler.

Mais pour moi, c'est très différent. Je suis grande, je n'ai que sept ans mais tout le monde dit que je parle et raisonne déjà comme une grande personne. Ça les fait rire que je connaisse le nom de Firmenich, le chef des Montoneros, et même les paroles de la marche des Jeunesses péronistes par cœur. Moi, on m'a tout expliqué. J'ai compris et j'obéirai. Je ne dirai rien. Même si on venait à me faire mal. Même si on me tordait le bras ou qu'on me brûlait avec un fer à repasser. Même si on me plantait de tout petits clous dans les genoux. Moi, j'ai compris à quel point il est important de se taire.

*

Je suis enfin arrivée chez mes grands-parents. Encore une fois, je suis accueillie par la voix de Julio Sosa. Comme tous les matins, mon grand-père écoute quelques tangos avant de partir pour Buenos Aires, où se trouve son cabinet.

Il est avocat, mais il ne s'occupe pas du tout de politique. Lui, il ne veut pas d'histoires. Il défend depuis toujours des petits trafiquants, des faussaires, des fraudeurs, des arnaqueurs de toute sorte. Mon grand-père éprouve une grande tendresse à l'égard des petits malfrats, qui lui vouent souvent, en retour, une sorte de reconnaissance fraternelle. Il est vrai qu'une fois l'un d'entre eux, que mes grands-parents avaient recueilli pour quelque temps, est parti en emportant la baignoire. Mais dans la maison, personne ne lui en veut d'avoir été tenté. C'était une belle baignoire, tout en marbre, une vraie pièce de collection. Preuve qu'il connaissait son métier.

Avec ces gars-là, en tout cas (en dehors du désagrément d'avoir eu à remplacer la belle baignoire et de voir encore parfois s'envoler, ici ou là, quelques objets de valeur), il n'y a rien à craindre. Mon grand-père a toujours pensé que les petites frappes étaient des « gens bien ». À part quelques mésaventures plutôt comiques, dont le récit amusé, sans cesse enrichi de circonstances et de détails nouveaux, clôt presque toujours les déjeuners dominicaux – les nombreuses sœurs de ma mère se livrent au fil des dimanches à de véritables joutes oratoires, c'est à qui racontera avec le plus de malice les tours cocasses que l'un ou l'autre de ces marlous a osé jouer dans la maison même où leur protecteur avait eu la gentillesse de les accueillir –, personne n'a jamais eu à s'en plaindre. Bien au contraire. Quand ils ne repartent pas avec une baignoire sous le bras, ils sont toujours disposés à se rendre utiles en cas de besoin – ce sont des bricoleurs du quotidien, de vrais bidouilleurs de l'existence. Mais ils n'ont rien à voir avec la politique. Ils ne veulent pas bousculer le monde, eux. Juste jongler un peu avec le monde comme il va. Ce qui fait peur à mon grand-père, ce sont les gens qui veulent que tout change.

*

Bientôt je partirai pour l'école avec mon oncle, le petit frère de ma mère, ma grand-mère et Sofia, ma tante.

Elle est malade de la tête, Sofia, mais il ne faut rien lui dire. Elle est comme une enfant. C'est à peine si elle sait écrire.

Dans mon école, elle aide au secrétariat. Elle va chercher les registres d'absence dans les classes et elle sert le maté aux institutrices pendant la récréation. Elle croit qu'elle travaille, mais en fait c'est mon grand-père qui donne tous les mois une enveloppe à la directrice, qui la remet à Sofia aussitôt, en prenant bien soin de lui cacher l'origine familiale de ce qu'elle croit être un salaire. Grâce à ce petit mensonge, elle se sent utile, elle croit vraiment qu'on a besoin d'elle et qu'on va même jusqu'à la payer pour ça. Mes grands-parents pensent que ça lui fait du bien et puis de toute façon ils n'ont pas eu d'autre idée pour l'occuper toute la journée.

Le soir, après le dîner, ma grand-mère me dépose toujours chez Carlitos, son frère.

Ça, c'est à cause de la dame qui tricote.

Depuis quelques mois, il y a une voiture noire qui reste garée toute la journée devant la maison de ma grand-mère. Dedans, il y a toujours une femme blonde qui tricote, habillée de manière assez austère, avec un chignon planté tout en haut de son crâne. Elle a de faux airs d'Isabel Perón, mais en un peu plus jeune et bien plus belle aussi. Parfois, elle est accompagnée d'un homme, mais la plupart du temps, elle est seule. Nous attendons qu'elle parte pour quitter la maison et aller chez Carlitos, où maman vient me chercher.

*

Aujourd'hui, chez le frère de ma grand-mère, c'est à peine si j'ai eu le temps de jouer avec le chien. Mes parents sont venus me chercher, ensemble cette fois-ci, et bien plus tôt que d'habitude. Puis nous sommes repartis en voiture dans notre maison aux tuiles rouges.

Dans notre nouveau quartier, il n'y a pas beaucoup de feux rouges. Quand on coupe une rue perpendiculaire, il faut klaxonner très fort pour prévenir les voitures qui pourraient en déboucher.

Chaque fois que nous montons dans la voiture, nous ne parlons plus que de manière hachée, en essayant de ne pas perdre le fil de nos phrases interrompues par les hurlements des klaxons. On les entend venir de partout : de droite, de gauche ; parfois, ça beugle à peine quelques mètres devant nous ou à peine quelques mètres derrière ; ça pétarade de toutes parts. Les signaux pourraient paraître confus, mais c'est vraiment une question d'habitude. Celui qui conduit a toujours l'air de savoir quel est l'avertissement qui lui est destiné.

Cette fois-là aussi, mon père a klaxonné, mais la voiture qui venait par la rue transversale a continué sa route sans s'arrêter. Le choc a été très violent et ma tête est partie la première contre le pare-brise.

Il ne faut surtout pas s'arrêter. La police pourrait arriver pour voir ce qui se passe. Il y a la trappe à la maison… Et mes parents n'ont pas encore reçu leurs faux papiers, car ça met beaucoup de temps de faire de faux papiers que la police pourrait prendre pour vrais. Puis j'ai oublié de dire que notre 2CV rouge était volée.

Notre voiture a l'air de hoqueter à présent et ne semble plus pouvoir s'arrêter. Elle cale, mon père redémarre. Elle cale à nouveau… Nous abandonnons notre belle française sur le bord de la route et nous engouffrons dans les rues transversales à toute allure, sans même regarder derrière nous.

2

Tous les jours, après l'école, je rentre d'abord chez mes grands-parents avec Sofia et Luis, le petit frère de ma mère, qui va à la même école que moi.

Sur le chemin du retour, Sofia est censée nous surveiller, ça fait aussi partie de son « travail ». Mais mon oncle et moi, nous faisons vraiment ce que nous voulons. Nous partons devant à toute allure, ou alors nous faisons semblant de rebrousser chemin, comme si l'on avait remonté le temps et qu'il était l'heure désormais non pas de rentrer de l'école mais de s'y rendre. Quoi que nous fassions, Sofia est toujours dépassée. C'est drôle de la faire courir comme ça : « Arrêtez ! Attendez-moi ! » Elle est vraiment comique dans ce corps d'adulte dont elle ne sait pas quoi faire, trop grand et trop gros pour elle qui est si maladroite et perdue.

Arrivés chez ma grand-mère, nous prenons le goûter tandis que nous écoutons toujours la même cassette de Julio Sosa, *El Varón del tango* : c'est marqué sur la boîte.

*

La dame qui tricote n'est pas là aujourd'hui. Peut-être ont-ils compris que nous avions compris ? À moins que quelqu'un d'autre n'ait pris le relais. Il y a tant de gens sur la Plaza Moreno, devant la maison de ma grand-mère.

Des gens qui se promènent, un homme qui lit un journal sur un banc, des amoureux qui se sont allongés sur le gazon pour s'embrasser et se caresser en prenant décidément tout leur temps et, comme toujours, beaucoup d'enfants.

Peu importe : nous sommes sur nos gardes. Lorsque nous nous rendons chez Carlitos, ma grand-mère et moi – mais c'est parfois l'une de mes tantes qui m'y dépose –, nous le faisons à la nuit tombée. Nous nous arrêtons toujours plusieurs fois en chemin, pour voir si personne ne nous suit. C'est juste une question d'habitude.

Souvent, c'est moi qui regarde derrière nous. C'est plus naturel qu'une enfant s'arrête et se retourne ; chez un adulte ce pourrait être un comportement suspect, le signe d'une inquiétude qui risquerait d'attirer l'attention. Moi, j'ai appris à glisser ces gestes de prudence dans un jeu. J'avance en enchaînant trois petits sauts, puis je tape dans mes mains et me retourne d'un coup, en sautant à pieds joints. Entre la maison de ma grand-mère et celle de son frère Carlitos, j'ai le temps de le faire une bonne dizaine de fois et de vérifier ainsi, comme si de rien n'était, que personne ne nous a pris en filature.

Quand j'ai un doute, je le dis à l'adulte qui m'accompagne. Nous nous arrêtons devant une vitrine ou alors nous faisons semblant de nous être trompés de chemin, juste pour voir ce qu'il en est.

Aujourd'hui, les choses ne se déroulent pas comme d'habitude. Ma grand-mère m'apprend que ma mère vient de téléphoner. Nous n'irons pas chez Carlitos ce soir. Mon père a été arrêté. Il faut que je reste chez mes grands-parents jusqu'à ce que ma mère nous donne d'autres nouvelles. Elle a dit qu'elle rappellerait. Mais quand ?

*

Enfin, je suis allée voir mon père en prison avec mes grands-parents paternels.

Nous étions dans une grande cour pavée et il a fait très beau.

Mon père était tout habillé de bleu, comme les autres, et avait les cheveux presque rasés. Il y avait d'autres hommes de l'âge de mon père, que leurs enfants et leurs parents étaient aussi venus voir pour la première fois. Dans cette prison, on dirait qu'il n'y a que des nouveaux. Nous aussi, aujourd'hui, nous avons fait nos débuts comme visiteurs.

Juste avant de pénétrer dans la cour, une grande et belle dame, en tailleur, perchée sur de très hauts talons, nous a fouillées, ma grand-mère et moi, ainsi que d'autres femmes, alors que mon grand-père, avec le groupe des hommes, a dû suivre un petit policier grassouillet, très brun et à la moustache drue.

Ça s'est passé dans une toute petite salle où les femmes qui étaient venues pour la visite entraient à tour de rôle. Moi, je suis entrée dans la pièce en même temps que ma grand-mère. D'abord, je me suis dit que nous avions de la chance, ma grand-mère et moi, d'être fouillées par une dame si élégante – tiens, elle aussi s'est fait un chignon – même si j'ai été gênée quand elle m'a palpée.

Ma grand-mère a dû rester un long moment en soutien-gorge et en culotte. Ses seins sont très gros, mais surtout flasques et tombants. Elle avait l'air embêtée que je la regarde. Je l'étais aussi à vrai dire, surtout à cause de ses seins et des petits traits violets et bleus qu'elle a sur les cuisses et que je n'avais jamais remarqués auparavant.

La belle dame en tailleur a pris tout son temps pour fouiller ma grand-mère. Elle a glissé sa main entre ses seins, les a soulevés plusieurs fois, alternativement, et les a même malaxés, comme on pétrit une pâte informe et ramollie. Elle a aussi palpé ses fesses et glissé une main entre ses cuisses.

Nous formions un groupe étrange dans la cour ensoleillée de la prison de La Plata. Les uns à côté des autres, en plein soleil, on aurait dit que nous nous étions donné rendez-vous pour commémorer quelque chose ; mais il s'agissait d'une réunion très particulière, car ceux qui étaient entièrement habillés de bleu ne sont pas repartis.

Mon père m'a demandé de lui écrire chaque semaine. Il a dit que de me lire, ça l'aiderait. Nous n'avons pas parlé de ma mère, ni de la trappe ni de rien de tout ça. Nous avons essayé de parler de choses et d'autres. De causer, comme ça, comme si de rien n'était.

Alors mon grand-père a demandé à mon père comment ça allait, mon père a demandé à ma grand-mère comment ça allait, puis ce fut à moi de répondre à la même question. Chacun notre tour, nous avons répété que tout allait bien.

3

Aujourd'hui, mon grand-père et moi avons rendez-vous avec ma mère. Ça fait combien de temps que je ne l'ai pas vue ? Deux, trois mois, peut-être ?

Nous allons la rejoindre dans une des jolies places de La Plata, couverte de dalles blanches et d'arbres en fleur. Il paraît que ma mère nous a donné rendez-vous du côté du manège.

Mon grand-père me propose de faire un tour, mais je n'en ai pas du tout envie. Assise sur un banc à ses côtés, je regarde mes chaussures et lui tiens la main tandis que le manège tourne et que retentit une musique de fête, carillons niais et sons stridents.

C'est une journée très ensoleillée, mais le soleil me gêne, alors je plisse les yeux.

Ce que j'aime quand je plisse les yeux dans de tels bains de lumière, c'est que j'en arrive à percevoir les choses différemment. J'aime par-dessus tout le moment où le contour des choses s'estompe et où elles semblent perdre leur volume.

Quand le soleil brille intensément, comme aujourd'hui, j'arrive plus vite que d'habitude à atteindre ce point où tout se transforme et où je me vois tout d'un coup au milieu d'images planes qui semblent avoir été collées sur une feuille lumineuse. Par la seule tension de mes yeux, voilà que j'arrive à repousser très loin de moi tout ce qui m'entoure et à tout aplatir sur un fond lumineux. Même la musique festive finit par s'écraser contre ce mur de lumière.

Une fois que j'ai atteint ce point, je m'efforce de le tenir le plus longtemps possible. Mais cette accommodation particulière se dérobe toujours, parfois aussitôt atteinte. Cette fois-ci, encore, même l'image des choses me résiste. Très vite, tout se regonfle et le livre de lumière dans lequel je me trouvais disparaît.

Mais je tente de nouveau l'expérience parce que je suis têtue et que j'aime voir les choses s'écraser ainsi par la seule force de mon regard. Je renvoie alors tout ce qui m'entoure pour que ça s'écrase encore une fois dans le décor. Même mon grand-père. Cette fois-ci, tout se trouve très vite aplati, comme si j'avais réussi à tirer parti de la brève expérience acquise.

Mais c'est comme si le manège, les arbres, mon grand-père et les carillons avaient aussi gagné en résistance. Malgré la violence avec laquelle je les ai vus s'écraser, voilà qu'ils ont l'air de se regonfler encore plus vite et avec plus de vigueur qu'auparavant. J'abandonne – momentanément – la partie.

Mon grand-père se lève. Ma mère est sans doute arrivée.

Le décor a depuis trop longtemps repris sa place. Les arbres, le manège, les enfants. Il ne manquait plus que ma mère.

Je me mets également debout et lève les yeux vers une femme qui a l'air d'être celle que nous attendons – l'attitude de mon grand-père paraît le confirmer – mais que j'ai du mal à reconnaître.

Ma mère ne ressemble plus du tout à ma mère. C'est une jeune femme maigre, aux cheveux courts et roux, d'un rouge très vif que je n'avais jamais vu sur des cheveux. J'ai un mouvement de recul lorsqu'elle se penche pour m'embrasser.

— C'est moi, c'est maman. Tu ne me reconnais pas ? C'est à cause de mes cheveux....

Mon grand-père et ma mère échangent quelques mots à peine.

Je crois comprendre qu'elle essaye de le rassurer.

Puis le soleil se met à briller encore plus fort qu'avant. Et les cheveux rouges posés sur la tête de celle qui est venue me chercher se mettent à flamboyer. Quel tapage, c'en est assourdissant. Encore une fois, je me remets à plisser les yeux, aussi fort que je peux, bien plus fort qu'avant. En vain.

Désormais, c'est certain, la lumière n'est plus de mon côté.

Mon grand-père s'éloigne et nous partons en sens inverse, loin du manège et de la place ensoleillée.

*

Comme chaque fois que je retrouve ma mère après une longue absence, j'ai droit à une poupée.

Quand mes parents étaient allés pour la première fois en prison (je devais avoir trois ou quatre ans, peut-être un peu plus), je me souviens qu'à leur retour ils m'avaient offert une sirène blonde en plastique qui tenait dans ses bras un tout petit enfant. Un enfant minuscule que la petite sirène blonde avait l'air de bercer amoureusement.

Cette autre fois, mes grands-parents, pour ne pas m'angoisser, avaient eu l'idée de me dire que mon père et ma mère étaient partis « à Córdoba pour leur travail », mais j'avais quand même compris qu'ils étaient en prison et que tout ça n'avait rien à voir avec leur travail mais plutôt avec un séjour à Cuba qu'ils avaient fait longtemps auparavant. Du coup, dans mon esprit, ce premier séjour en prison de mes parents et ma petite sirène en plastique sont liés à la ville de Córdoba et un peu aussi à La Havane, même si en réalité la prison était bien plus près et même si ma petite sirène en plastique avait probablement été achetée juste au coin de la rue. Pourtant, chaque fois que je la regarde, bien que je sache parfaitement que ce n'est pas vrai, j'ai l'impression qu'ils sont allés chercher cette poupée très, très loin pour moi, sous les tropiques ou quelque chose comme ça. Alors, même si je sais que Córdoba n'a en fait rien à voir dans cette histoire, je l'appelle « ma petite sirène blonde de Córdoba » et c'est bien pour ça que c'est ma poupée préférée. Et puis de toute façon c'est vrai : plus je la regarde, plus je trouve qu'elle a décidément l'air de venir d'ailleurs.

Cette fois-ci, j'ai l'occasion de la choisir, ma nouvelle poupée des retrouvailles. Nous entrons dans un magasin et ma mère me dit :

— Prends celle que tu préfères.

Je m'arrête devant une poupée ronde et joufflue, brune, aux cheveux longs et bouclés. Ma mère paye rapidement à la caisse, marmonne à la vendeuse quelques paroles à peine intelligibles ; la vendeuse a l'air de comprendre que ce n'est pas la peine de l'envelopper ; nous repartons aussitôt.

Ma mère me tient par la main.

Je serre très fort dans mon autre main celle de la jolie poupée qui m'accompagne.

4

Je ne sais plus très bien où nous sommes, encore moins où nous allons. La place et son manège sont déjà très loin derrière nous. Ma mère aux cheveux rouges avance d'un pas ferme, sans m'adresser la parole. Entre elle et la poupée, je suis le mouvement, sans oser rompre le silence.

Nous arrivons dans un secteur de la ville que je ne connais pas, aux maisons basses et aux rues désertes. À l'angle d'une rue qui ressemble à toutes les autres, nous prenons une porte puis un long couloir qui débouche sur une cour arborée où de petites maisons modernes, de plain-pied, sont collées les unes aux autres, reprenant cinq ou six fois la même porte d'un bleu très pâle, le même petit arbuste chétif qui semble avoir été fiché là bien malgré lui et, surtout, avoir l'intention de ne pas y faire long feu. La nuit est déjà tombée.

Une femme que je n'ai jamais vue nous ouvre la porte avant de la refermer aussitôt et de nous faire pénétrer dans la maison, en silence. Visiblement, elle nous attendait, ma mère et moi ; elle nous embrasse comme si nous nous connaissions depuis toujours et semble heureuse que nous soyons arrivées. Peut-être l'ai-je vue autrefois ? Peut-être a-t-elle changé de tête, elle aussi, comme ma mère, autrefois brune aux cheveux longs, devenue une rousse aux cheveux courts ?

Dans la maison, tout est silencieux. Les murs, blancs, sont entièrement nus. Les volets sont clos. La maison tout entière semble n'être éclairée que par une ampoule qui pend du plafond de la cuisine et une petite lampe de bureau posée par terre dans la pièce attenante, sur un sol en béton qui attend un revêtement plus accueillant que l'on n'y mettra probablement jamais. La dame nous montre rapidement la pièce, entièrement plongée dans la pénombre, hormis le petit cercle de lumière que dessine sur le sol la lampe métallique, minuscule halo dans une pièce démesurément grande pour le mobilier inexistant, si ce n'est quelques vieux cageots de fruits qui ont été transformés en bibliothèque et deux matelas posés à même le sol. Il y a beaucoup de livres, il y en a même partout, ainsi que des revues et des tas de papiers, maladroitement empilés et formant des colonnes instables, que l'on imagine devoir s'effondrer au moindre frôlement. Nous retournons dans la cuisine où ma mère et la dame s'adossent contre un mur pour discuter.

La femme se met à parler de Dieu et ma mère à l'écouter très attentivement. Pour ma part, je crois bien que c'est une des premières fois que j'entends parler de Dieu comme s'il existait vraiment, comme s'il s'agissait de quelqu'un pour de vrai, quelqu'un sur qui on peut compter – j'avais bien vu mon arrière-grand-mère dire son chapelet de manière quotidienne et presque machinale, remuant à peine ses lèvres, les yeux fermés. Elle faisait alors glisser entre ses doigts, un à un, les grains de son rosaire tout en répétant des prières dont on ne percevait que quelques mots et qui s'enchaînaient de manière ininterrompue. Ce geste avait toujours appartenu pour moi à une forme de folklore familial.

La dame convainc ma mère qu'il est urgent de me baptiser.

J'ignorais que je ne l'étais pas.

À vrai dire, je ne m'étais jamais posé la question.

J'écoute tout cela avec étonnement, mais je suis surtout rassurée de savoir que l'on peut compter sur Dieu et qu'il suffit de lui faire un signe pour qu'Il s'occupe des gens qui ont besoin de lui.

Ma mère et cette femme se tournent vers moi et me parlent des premiers chrétiens. Elles s'adressent à moi directement avant de se mettre à parler entre elles avec un tel enthousiasme qu'elles ont l'air d'oublier ma présence. La dame dit que Dieu n'est pas seulement dans les églises. Elle croit qu'on pourrait se demander s'Il se trouve encore dans les églises, justement, si avec tout ce qui se passe Il parvient quand même à s'y sentir chez Lui. Cette idée les fait beaucoup rigoler, elles ont toutes deux l'air de trouver que c'est une très bonne blague. Je ris aussi à cette idée d'un Dieu délogé, errant, un peu comme nous, maintenant. Je les regarde à tour de rôle en essayant de rire très fort, le plus fort que je peux, espérant surtout leur rappeler ainsi ma présence et leur signifier que j'ai bien compris la blague.

Enfin, je crois avoir compris.

En fait, il paraît que Dieu est très abordable, il suffit de Lui faire signe et de croire en Lui. On appelle ça l'espérance ou la foi.

Mais le mot « espérance » me semble avoir le mérite d'être plus clair.

Nous, ce soir, on va faire appel à Lui sans passer par un prêtre. Un peu d'eau, quelques prières, et je pourrai faire partie des chrétiens, moi aussi.

Comme du temps des premiers chrétiens justement, quand Dieu et le Christ étaient avec les faibles qui se cachaient comme nous, explique la dame. J'ai l'impression de mieux comprendre et de me sentir incroyablement proche de ces hommes et de ces femmes qui nous ont précédés, il y a si longtemps. Alors Dieu veille sur nous, à présent, comme Il a veillé sur eux, autrefois ?

Tout d'un coup, je sens moi aussi que le temps presse.

Je veux être placée sous la protection de Dieu, le plus vite possible. Je ne comprends pas comment j'ai pu vivre sans Lui aussi longtemps. Et sans même savoir que ça me manquait, en plus.

Je me déshabille dans la cuisine et plonge dans une grande bassine métallique, comme celle où ma grand-mère lave le linge fragile. Ou alors les torchons sales, quand ils sont vraiment très gras.

L'amie de ma mère prie d'une voix à peine audible, en fermant les yeux, tandis qu'elle verse de l'eau sur ma tête. Ses prières sont suivies d'un long silence – j'imagine qu'elle attend un signe, Sa réponse. Puis elle prend les mains de ma mère, elles forment ainsi toutes les deux un petit cercle autour de moi, comme quand on fait une ronde, sauf qu'elles restent immobiles et silencieuses.

L'attente me semble incroyablement longue, interminable.

Il en met, du temps, à répondre.

Dans la petite cuisine de la petite maison vide, on attend.

Et s'Il ne se manifestait pas ? Et s'Il ne voulait pas de moi ? Et si j'avais eu tort de rire à l'idée de Le savoir errant ? Et si cette errance L'avait à jamais affaibli, L'éloignant définitivement de nous et de tous les hommes ?

Je n'ose plus bouger.

Enfin, la dame ouvre les yeux. Comme si quelqu'un lui en avait donné l'autorisation, obéissant à un signal qui ne parvient pas jusqu'à moi mais dont déjà je ne doute pas, dont je ne veux pas douter, elle fait le signe de croix sur mon front.

Je me sens extraordinairement apaisée. Il a donc répondu, Il veut bien de moi.

Je sors de l'eau et me rhabille, me sentant déjà pas mal changée.

5

Nous nous rendons, ma mère et moi, dans une nouvelle maison où nous faisons la connaissance d'un jeune couple : ils s'appellent Daniel et Diana, mais on les appelle souvent Cacho et Didi.

Diana est enceinte, mais ça ne se voit presque pas. Elle a des cheveux longs, clairs et ondulés, et de grands yeux verts extrêmement lumineux et doux. Elle est très belle et incroyablement souriante.

Je sens immédiatement que son sourire me fait beaucoup de bien. Il m'apaise autant que mon baptême dans la bassine de métal. Peut-être même davantage. Mais je vois bien que ce sourire appartient à un temps passé, à quelque chose que je sais à tout jamais perdu. Qu'est-ce que c'est rassurant pourtant de voir qu'il a pu tenir bon pour se retrouver là, sur ce visage précisément.

Ma mère me dit que bientôt nous habiterons avec Cacho et Didi dans une autre maison, loin du centre-ville. Tous deux me sourient – je vois surtout le visage de Diana, car il est comme illuminé – et me demandent ce que j'en pense, si l'idée me plaît. Je dis oui, tout en essayant de sourire à mon tour, mais sachant pertinemment que mon sourire à moi doit paraître ridicule à côté de celui de Diana, de ces cheveux et de ces yeux-là.

*

En attendant de partir pour cette nouvelle maison, nous allons chez un couple qui a deux enfants, deux garçons, qui ont à peu près mon âge.

Je joue un peu avec eux, à des jeux dont je n'ai pas du tout l'habitude. Entre nous, nous ne parlons à aucun moment de ce qui se passe, ni de la clandestinité – est-ce qu'on leur a expliqué, comme on me l'a expliqué à moi ? – ni de la guerre dans laquelle nous sommes plongés, même si la ville est pleine de gens qui n'y prennent pas part et qui semblent parfois ignorer qu'elle a lieu. S'ils font juste semblant de l'ignorer, ils y arrivent drôlement bien.

Nous ne parlons pas de la peur, non plus.

Ils ne posent aucune question, ne me demandent pas ce que je fais là, chez eux, seule avec ma mère, pas même combien de temps nous allons rester. C'est incroyablement rassurant que toutes ces questions n'existent pas, qu'ils aient la délicatesse de me les épargner.

Alors je prends une petite voiture rouge que je fais rouler sur une table, en imitant, alternativement, le bruit d'un moteur poussé à fond et celui du frottement du vent sur la carrosserie de la voiture. À vrai dire, j'imite le plus jeune des garçons, qui fait exactement la même chose que moi, mais couché par terre, sur le dos, faisant rouler sa voiture de l'autre côté du plateau de la table, comme si le conducteur de sa voiture à lui avait réussi à contrer les lois de la pesanteur. Je ne comprends pas très bien l'intérêt de ce jeu, mais je tiens à faire preuve de bonne volonté et à m'appliquer autant que faire se peut.

L'aîné, à l'autre bout de la table, fait glisser sur la tranche l'épave d'une petite voiture verte qui a perdu une portière et dont une partie du toit est enfoncée, alternant également des bruits de moteur, le souffle du vent et quelques coups de frein ; parvenu à l'extrémité de sa route à lui, il reprend la course depuis le début, comme nous le faisons également, son frère et moi. Nous jouons ainsi pendant un long moment, à la fois séparément et ensemble. Tantôt lui, tantôt moi, nous répondons au vrombissement de l'autre par une violente bourrasque contre laquelle chacun de nos engins s'efforce de lutter.

Soudain, le petit frère nous fait sursauter en lançant un coup de klaxon strident.

*

Aujourd'hui, une réunion doit avoir lieu. Ça se passe, encore une fois, dans une nouvelle maison. L'homme qui nous héberge nous y conduit en voiture, ma mère et moi.

Nous montons à l'arrière. Un homme jeune et très beau s'installe à l'avant, à côté du conducteur. Nous tournons dans une rue, à droite, puis immédiatement dans une autre. Arrivés près d'une place fleurie, nous en faisons plusieurs fois le tour, deux fois, peut-être trois, comme si nous reproduisions autour de la place et sur l'asphalte les mouvements du manège qui tourne à vive allure, mais en sens inverse, en son centre. Je reconnais la place où nous nous étions retrouvés avec mon grand-père quelques jours plus tôt et le petit magasin de jouets où j'avais choisi ma nouvelle poupée des retrouvailles. Dans la vitrine du magasin, je vois une poupée exactement comme la mienne pour ce qui est du visage et des cheveux, mais habillée différemment, un peu plus grande ou plus belle aussi, me semble-t-il. Je crie à ma mère :

— Regarde ! Ils en avaient d'autres, mais celle-là est différente. Elle a plus de cheveux et ils sont plus brillants !

Ma mère ne répond pas. On repasse devant ma poupée, la même mais différente.

— Regarde ! Ils en avaient d'autres comme la mienne, mais celle-là n'est pas pareille ! Elle a des lèvres beaucoup plus rouges aussi !

Ma mère ne répond toujours pas. C'est le conducteur qui me répond sèchement, visiblement très agacé :

— Mais tais-toi ! Tais-toi, enfin !

C'est la seule fois où l'homme s'adressera à moi.

Blessée par ces paroles et par le silence persistant de ma mère, je me tourne alors vers elle et découvre qu'elle ferme les yeux. L'homme lui dit alors :

— Je suis désolé, mais il faut que je reprenne tout depuis le début. Explique-lui enfin, et qu'elle se taise, merde !

Alors elle m'explique :

— Je ferme les yeux pour ne pas voir où nous allons et lui, il tourne pour que je finisse par ne plus savoir du tout où je suis. Tu comprends ? C'est pour la sécurité.

Je comprends.

Mais moi, je vois… Si ma mère ferme les yeux, ça me protège aussi ? Je garde toutes mes questions pour moi et n'ouvre plus la bouche. De toute façon, nous ne sommes plus jamais passés devant ma poupée, la même que la mienne mais en mieux.

*

Nous nous installons enfin avec Cacho et Didi.

En fait, nous les rejoignons dans une petite

maison où ils sont apparemment arrivés quelques jours avant nous, preuve que c'est d'abord chez eux, même si ce sera aussi un peu chez nous.

Devant la petite maison, il y a une grille verte, rouillée par endroits, qui sépare une cour peu profonde d'un trottoir qui n'est pas tout à fait un trottoir, où alternent des pierres, du sable, des dalles et des monticules de terre qui deviennent de grosses flaques boueuses par temps de pluie, c'est-à-dire très souvent en cette fin d'été. La rue n'a pas été revêtue d'asphalte, comme c'est fréquemment le cas à la périphérie de la ville. Pour éviter que le vent ne soulève trop de poussière par temps sec, les gens du voisinage déversent des seaux d'eau dans la portion de rue qui se trouve juste devant leur porte afin de fixer la terre au sol. L'idéal est qu'il pleuve, mais pas trop, car alors la route devient impraticable, aussi bien pour les voitures que pour les passants et les chevaux qui circulent, nombreux, dans ce secteur de La Plata. Le quartier tout entier s'enlise alors dans la fange.

Quand on passe la porte, on pénètre dans un couloir. Cacho et Didi occupent une chambre qui donne sur ce même couloir, à droite. À gauche, une porte permet d'accéder à un garage. Ce sont les deux seules pièces qui donnent sur la rue. Au bout du couloir se trouve une cuisine relativement grande, qui sert à la fois de salon et de salle à manger. Au fond de cette pièce à tout faire, dans le prolongement du couloir et de la porte d'entrée, il y a une autre porte qui s'ouvre sur une cour. Donnant directement sur la cour, sur la droite, il y a une salle d'eau sans fenêtre et assez vétuste. Face à la porte de la cuisine, une autre porte s'ouvre sur une chambre minuscule où nous dormons, ma mère et moi. Les espaces sont très petits, mais la maison ne s'arrête pas là.

Au fond de la cour et derrière la chambre que nous partageons, ma mère et moi, on trouve une remise rudimentaire, une sorte de hangar délabré qui est, contrairement à ce qu'un visiteur étranger au groupe pourrait supposer, le cœur de la maison. C'est en raison de l'existence de cet espace plus que défraîchi, recouvert par quelques plaques de tôle ondulée rouillées qui, à elles seules, tiennent lieu de toiture, que la maison a été choisie par la direction des Montoneros pour que nous y habitions.

6

Quand je pense à ces mois que nous avons partagés avec Cacho et Diana, le premier terme qui me vient à l'esprit est le mot *embute.* Ce terme espagnol, si familier pour nous tous durant toute cette période, n'a toutefois pas d'existence linguistique reconnue.

Dès l'instant où j'ai commencé à fouiller dans mes souvenirs – dans ma tête d'abord, essayant de reconstruire mentalement une chronologie qui demeurait confuse et de mettre en mots les images, les moments et les bribes de conversation qui me sont restés –, c'est la première chose que j'ai cherchée. Car ce terme tant de fois prononcé et entendu, indissociablement lié à ces morceaux d'enfance argentine que je m'efforçais de retrouver et de restituer, je ne l'avais jamais rencontré dans un autre contexte.

J'ai d'abord consulté les dictionnaires que je pouvais avoir à la maison : pas de trace d'*embute.* Durant quelques mois, j'ai interrogé tous les hispanophones que j'ai eu l'occasion de croiser : aucun d'entre eux ne connaissait ce mot.

Quelqu'un m'a néanmoins signalé que les autorités de la Real Academia Española, depuis peu, pouvaient être consultées, par courrier électronique, à propos de n'importe quel problème linguistique. On m'expliqua ainsi que, quelle que soit la question posée, la Real Academia répond, au bout de quelques jours, une ou deux semaines tout au plus, aux doutes de tous les hispanophones. J'ai été ravie de l'apprendre et de pouvoir consulter une institution aussi prestigieuse pour avoir, enfin, une réponse éclairée à ma question.

Je voulais savoir si ce mot était attesté quelque part, ne serait-ce que comme américanisme ou néologisme, et comment un locuteur espagnol, savant de surcroît, pouvait le comprendre. Ce à quoi on m'a répondu que cette forme ne pouvait être que « celle de la troisième personne du singulier du présent de l'indicatif du verbe *embutir* ». Or, dans la langue que l'on maniait à l'époque dans le vase clos de l'organisation Montoneros, *embute* était employé sans conteste comme nom commun.

Le seul terme qui ait une existence linguistique reconnue en espagnol, dans l'espagnol des dictionnaires et des linguistes du moins, c'est donc le verbe *embutir*, qui signifie « faire des saucisses ». Ce verbe peut avoir d'autres significations : « bourrer », « fourrer », « intercaler », voire « emboutir ». Quoi qu'il en soit, ce que le verbe désigne en premier lieu, c'est le fait de confectionner des saucissons et des boudins.

On pourrait alors penser que le terme *embute* sert à désigner la chair que l'on trouve à l'intérieur des saucissons (ce dont on les bourre), ou alors l'enveloppe qui les entoure (ce qui est bourré). Or, dans mon souvenir, ce n'est pas ça du tout. Le mot *embute*, tel qu'on l'employait, n'avait rien à voir avec l'art de la charcuterie.

J'ai donc continué à fouiller sans l'aide des spécialistes, cherchant, sur internet, des occurrences de ce mot dans toutes les pages en espagnol auxquelles on peut accéder sur la toile.

Par deux fois, le mot apparaît dans le sens d'*embuste*, terme espagnol qui signifie « tromperie ». Mais, dans les deux occurrences trouvées, *embute* est manifestement une coquille.

Les Mexicains, quant à eux, semblent parfois employer la forme *embute* comme nom commun, mais seulement de façon familière et dans un sens clairement sexuel. C'est ainsi qu'à l'occasion de mes recherches sur internet, j'ai trouvé le terme sur un forum où les participants, toujours cachés derrière un pseudonyme, échangeaient sur des questions sexuelles plutôt techniques et pointues. À l'occasion d'un débat sur la question « *Beso negro, ¿qué es ?* », l'une des personnes qui participait il y a à peine quelques semaines à ce blog érotique mexicain sous le nom de Tancredo écrivait : « *La palabreja* embute, *también es muy empleada por* don Nadie. » Malheureusement, le témoignage de Monsieur Personne n'était plus accessible sur le blog. Quant à Tancredo, il ne donnait pas plus de précisions.

Je vois bien que d'autres Argentins sur internet utilisent le mot dans le sens qu'il avait pour nous à l'époque, mais c'est toujours dans des récits où il est question de la répression en Argentine dans les années 70 qu'il apparaît, et la plupart du temps entre guillemets.

Embute semble bien appartenir à une forme de jargon propre aux mouvements révolutionnaires argentins de ces années, plutôt daté et visiblement disparu.

7

Il faut que les travaux avancent vite. C'est au fond du hangar, tout au bout de la maison, qu'*el embute* va être construit.

Mais d'abord, il faudra creuser un grand trou.

Depuis quelques jours, deux hommes viennent travailler à la maison, l'Ouvrier et l'Ingénieur.

C'est Diana qui va les chercher dans sa petite fourgonnette grise. Dès que le véhicule pénètre dans le garage de la maison, elle les fait sortir par la porte arrière, les libérant ainsi de leur cachette et de l'obscurité, car ils font toujours le trajet, depuis leur lieu de rendez-vous avec Diana jusqu'à notre maison, cachés sous une vieille couverture poussiéreuse. Quand ils en sortent, leurs yeux mettent un certain temps à s'acclimater à la lumière.

Avant qu'ils n'aillent s'occuper de notre immense trou, nous passons toujours un court moment, ensemble, dans la cuisine. La plupart du temps, ils discutent avec Diana et ma mère, parfois avec Cacho, mais plus rarement car il n'est pas souvent là. Pendant ce temps, c'est moi qui sers quelques matés.

Si Cacho est souvent absent, c'est parce qu'il a encore la chance de travailler, et même sous son vrai nom. Personne ne sait qu'il fait partie des Montoneros, pas plus qu'on ne le sait pour Diana, qui a tout de la belle épouse blonde d'un cadre d'entreprise sans histoires.

Il part en général pour Buenos Aires tôt le matin, et ne rentre qu'en toute fin de soirée. Il travaille dans un bureau où il a un poste important, je crois ; en tout cas, il est toujours tiré à quatre épingles. Le plus souvent, il porte un costume bleu foncé, une cravate d'un bleu légèrement plus clair que son costume et une chemise d'une blancheur irréprochable. Avec sa mallette en cuir noir et ses moustaches strictes, il n'a vraiment rien d'un « révolutionnaire ».

Ça amuse toujours énormément César, le responsable du groupe, qui vient, lui, à pied ou en bus. En dehors des personnes qui habitent la maison, c'est-à-dire Cacho, Diana, ma mère et moi, c'est le seul membre de l'organisation qui sache où elle se trouve, raison pour laquelle il peut venir chez nous librement, une fois par semaine, pour présider les réunions.

César est un peu plus âgé que les autres. Il doit avoir trente ans. Ses petites lunettes rondes lui donnent de faux airs de professeur. Il a aussi des yeux rieurs et des cheveux raides légèrement ébouriffés qui lui donnent en même temps des allures de poète. Tout ça n'est pas incompatible, je pense : on pourrait sans doute dire qu'il a des airs de professeur poète.

César dit toujours en riant : « Tu es superbe, Cacho, cette cravate, vraiment... Tu pourrais quand même te permettre de temps en temps une petite touche de fantaisie... je ne sais pas, moi... une cravate gris perle, peut-être... »

César fait toujours les mêmes blagues, mais elles nous amusent toujours autant.

C'est pour tout cela que Cacho et Diana ont été choisis : d'une part pour nous loger mais, surtout, pour accueillir chez eux un *embute* particulièrement sophistiqué et qui se doit d'être parfaitement gardé.

Gardé par un couple parfait, au-dessus de tout soupçon et qui attend un enfant.

Un couple comme tant d'autres auquel rend souvent visite un professeur poète.

Quant à ma mère et à moi... nous sommes là en visite, pour quelque temps. Mais ma mère est une femme timide et très discrète, qui préfère, manifestement, ne pas trop se montrer.

*

Depuis que le chantier a débuté, il y a environ une dizaine de jours, l'Ouvrier a rempli des dizaines de sacs de terre et de gravats. À la fin de la journée, avant la tombée de la nuit, Diana reconduit l'Ouvrier et l'Ingénieur – parfois il n'y en a qu'un des deux qui vient, et dans ce cas c'est toujours l'Ouvrier, car bien souvent l'Ingénieur n'a pas besoin d'être présent – toujours cachés sous la vieille couverture poussiéreuse. Ce n'est qu'en pleine nuit que Diana ou Cacho ressortent pour se débarrasser, sur des chantiers ou des terrains vagues (il y en a beaucoup dans le secteur où se trouve la maison), de quelques sacs qui ont été remplis durant la journée.

Parfois, on en sort un sur le trottoir, à la vue du voisinage.

C'est qu'officiellement on fait des travaux pour aménager le hangar afin d'y accueillir des lapins. Ces sacs visibles justifient, espère-t-on, les innombrables allées et venues de la petite fourgonnette grise. On affiche ainsi une agitation qu'un modeste projet d'élevage de lapins semble expliquer, ainsi que certains de ses effets matériels. Mais derrière le projet d'élever des lapins se cache un tout autre chantier, immense et d'une ampleur nouvelle, car la maison que nous habitons a été choisie pour qu'y soit cachée l'imprimerie montonera.

Les deux chantiers avancent en même temps et les choses, chaque jour, prennent davantage tournure aux yeux de tous : tandis que l'on extrait des kilos et des kilos de terre pour créer la petite pièce secrète où sera cachée l'imprimerie, dans le hangar s'entassent des dizaines de cages métalliques destinées à accueillir les lapins qui vont bientôt nous rejoindre.

*

Durant la journée, en attendant, j'espère, de retourner à l'école après les vacances d'été, je vais voir tous les jours l'avancement du chantier, ou plutôt des deux chantiers, l'officiel et l'autre.

C'est l'Ingénieur qui a imaginé cette petite pièce secrète qui est en train d'être construite tout au fond du hangar. Il a eu l'idée de construire un second mur devant le mur du fond, parfaitement parallèle à ce dernier, distant du mur d'origine de deux mètres à peine, peut-être même moins. À présent que le chantier a bien avancé, sur la partie droite du deuxième mur qui a déjà été construit, on peut voir une porte épaisse, dans le même matériau que le mur, mais montée sur une structure métallique.

L'Ingénieur est vraiment très doué. Il m'explique, fier de son travail, qui est presque achevé à présent, qu'*el embute* qu'il a imaginé est un des plus complexes qui aient été construits à ce jour.

Grâce à un mécanisme électronique, l'épaisse porte en béton qui permet d'accéder à l'imprimerie cachée pourra s'ouvrir ou se fermer.

— Comment ça, un mécanisme électronique ?

— Oui. Tu vois, il y a deux fils électriques qui vont rester apparents, là, comme ça arrive souvent sur les chantiers, quand les travaux n'ont pas été tout à fait finis. Mais dans ce cas, ce n'est pas de la négligence... C'est presque au point, maintenant. Regarde, on va essayer.

Alors, il fait sous mes yeux quelque chose d'incroyable. À l'aide de deux autres fils reliés à un petit boîtier, il établit un contact qui fait se déplacer, avec une rapidité inouïe, l'énorme porte en béton qui se trouvait devant nous : l'espace réservé à l'imprimerie clandestine disparaît soudain derrière un mur où personne ne pourrait imaginer qu'il existe une ouverture. La structure métallique sur laquelle est montée la porte est aussi devenue invisible : en se refermant, la porte l'a complètement escamotée.

Je pousse un cri d'admiration car le dispositif est époustouflant. L'Ingénieur, visiblement content de lui, se met à commenter son œuvre. Quand la porte est fermée, elle prolonge parfaitement le mur, personne ne pourrait soupçonner son existence : si nous avons besoin de cacher ce qui s'y trouve, c'est ainsi qu'on pourra procéder. Il suffira de saisir ce boîtier qu'on va toujours laisser dans un coin, mais à la vue de tous, comme s'il traînait là.

— Ça, c'est drôlement astucieux, c'est même ce dont il est le plus fier, dit-il : que ce dispositif savant et complexe soit protégé par ces traces de prétendue négligence et de faux à-peu-près, en réalité parfaitement voulus et maîtrisés.

— Le dispositif d'ouverture d'*el embute* est

d'autant mieux caché que les moyens de le mettre en action sont visibles à l'œil nu. C'est génial, non ? J'ai eu cette idée en lisant une nouvelle d'Edgar Poe : on ne cache jamais aussi bien que dans une excessive évidence. *Excessively obvious.* Si j'avais entièrement caché toute cette mécanique, elle n'aurait sans doute pas été aussi bien défendue. Ces fils grossiers que j'ai voulu exhiber constituent le meilleur des camouflages. Ce côté négligé, cette manière d'exhiber en toute simplicité, tout ça est parfaitement calculé et c'est précisément ce qui nous protège. Les lapins aussi nous protégeront quand ils seront là…

— C'est bien, Edgar Poe, alors ?

— Magistral, tu veux dire ! *Le Scarabée d'or, Ligeia, La Chute de la maison Usher…* Tu liras tout ça quand tu seras grande.

— Ah bon ? Je ne peux pas le lire maintenant ?

— Tu peux toujours essayer maintenant, bien sûr, mais de là à en comprendre toute la subtilité…, répond l'Ingénieur, avant de pénétrer dans *el embute* pour vérifier les branchements à l'intérieur de la pièce secrète.

Sa voix me parvient alors, notablement assourdie :

— Ma nouvelle préférée, c'est *La Lettre volée.*

*

Chaque fois que l'Ingénieur vient travailler à la maison, je me précipite sur le chantier. L'Ouvrier, lui, est toujours là, car il doit aussi s'occuper de l'installation qui va bientôt accueillir les lapins. Mais l'Ingénieur se fait de plus en plus rare.

— À présent tout fonctionne à la perfection. Bientôt, tu ne me verras plus.

Se tournant vers moi tandis qu'il teste une nouvelle fois le dispositif d'ouverture et de fermeture de la porte d'*el embute*, il prononce ces mots avec un grand sourire qui illumine son visage tout entier.

Je n'avais jamais remarqué à quel point il était beau. Ses cheveux sont très foncés, presque noirs, mais sa peau est claire, laiteuse. Quant à ses yeux, je ne saurais dire de quelle couleur ils sont exactement. Gris-bleu, gris-vert ? C'est que la couleur de ses yeux change selon le temps qu'il fait, selon la lumière aussi, et puis, je crois, selon son intention à lui, selon l'éclat qu'il veut bien leur donner : il arrive que son regard se ferme et se recouvre d'une sorte de voile opaque qui lui donne des reflets noirs. L'Ingénieur doit avoir l'âge de mon père, mais il est bien plus grand et élancé, me semble-t-il. Je me sens si petite à côté de lui…

Adossée contre le faux dernier mur de la maison, je me mets à jouer avec l'une de mes tresses, que j'enroule autour de mon index, la tête légèrement penchée sur le côté.

— Ah… C'est dommage. C'est génial, ce que tu as fait, quand même… Tu pourrais peut-être faire un autre *embute*, plus petit, ailleurs, dans la maison. Je ne sais pas… Dans le salon ou dans ma chambre, par exemple.

Il se tourne de nouveau vers moi avant d'éclater de rire.

— Non ! J'ai fini mon travail ici… J'ai des choses à faire ailleurs.

Je me sens vraiment ridicule de lui avoir demandé ça. Je crois même que lorsque j'ai entendu son éclat de rire, j'ai rougi. Les bras dans le dos, je serre très fort mes mains tandis que je m'éloigne pour me réfugier dans ma chambre, faussement indifférente, profondément blessée.

*

À côté de mon lit, il y a une petite commode où nous rangeons nos affaires, ma mère et moi.

Gênée par la scène avec l'Ingénieur, je fais semblant d'y remettre de l'ordre en attendant d'oublier à quel point je me suis ridiculisée avec mes propositions. J'ai voulu jouer à l'adulte, à la militante, à la maîtresse de maison, mais je sais bien que je suis petite, toute petite, incroyablement petite même, et que si l'Ingénieur fait semblant de s'intéresser à nos conversations, c'est parce que je suis toujours là et surtout pour ne pas me vexer.

Je fouille et fouille encore dans la commode, sors mes vêtements puis les range de nouveau en les disposant différemment : je m'occupe en attendant que ça passe.

Derrière un pull, je sens quelque chose de dur... Ah, c'est le vieil appareil photo que ma tante Silvia m'a offert la dernière fois où je l'ai vue. Elle venait de s'en acheter un autre, beaucoup plus perfectionné, alors elle m'a offert celui-là. « Tiens, m'a-t-elle dit quand elle me l'a tendu. Je te donne mon vieil appareil. Il n'est pas extraordinaire, mais pour prendre tes premières photos, il peut faire l'affaire. »

J'avais complètement oublié qu'il était là.

Qu'est-ce qu'on pourrait bien prendre en photo dans cette pièce ?

Il y a deux petits lits en fer et une étagère où j'ai posé deux grenouilles en tissu, des grenouilles toutes molles car elles sont remplies de sable. Elles sont entièrement vertes sur le dessus, mais ma grand-mère, qui les a faites pour moi, a pris soin de recouvrir leur ventre d'un joli tissu fleuri. Comme ça, m'a-t-elle dit, on dirait qu'elles se reposent sur des nénuphars.

Quand je les regarde à travers l'objectif, j'ai du mal à les reconnaître : comme elles sont toutes molles, elles ne tiennent pas et forment sur l'étagère qui est juste au-dessus de mon lit deux tas verdâtres et informes. Je n'arrive même plus à distinguer leur ventre fleuri.

C'est que, dans l'objectif de mon appareil photo, notre petite chambre a l'air d'être encore plus sombre qu'elle n'est en réalité. Dans cette pénombre qui l'envahit, c'est certain, mes deux grenouilles ne ressemblent plus à rien.

Je me tourne alors vers la fenêtre qui donne sur la cour.

De l'autre côté de la cour, sur le mur qui fait face à la fenêtre de ma chambre, je vois assez distinctement quelques taches d'humidité et même une fissure fine mais profonde qui le lézarde en plein centre. Je fais alors quelques pas supplémentaires en direction de la fenêtre car, visiblement, on voit beaucoup mieux dans mon appareil ce qui se trouve au-dehors.

C'est à ce moment-là que j'entends les pas de l'Ingénieur revenant du fond de la maison et se dirigeant vers la cuisine. Il devrait bientôt passer devant la fenêtre de ma chambre.

Je suis contente d'avoir l'appareil : il me permettra de le regarder sans avoir les yeux fixés sur lui comme une idiote. Derrière l'appareil, je me sens un peu à l'abri. J'aimerais bien qu'il me regarde aussi et qu'il me voie enfin différemment, avec mon engin d'adulte.

Moi, je le vois déjà dans l'objectif, mais lui n'a pas l'air de m'avoir aperçue.

Juste au moment où l'Ingénieur va quitter la cour, avant qu'il ne s'engouffre dans la cuisine, je fais un petit bruit, « Clic ! », pour attirer son attention, tout en lui adressant, sous le boîtier noir que j'ai collé contre mon visage, un grand sourire.

Au lieu de pénétrer dans la cuisine, il entre, furieux, dans ma chambre avant de m'arracher l'appareil des mains.

— Mais tu es complètement folle ! Qu'est-ce que tu fais !

Il ouvre rageusement le boîtier et s'aperçoit alors qu'il est vide. Il le jette sur mon lit et agrippe mon bras, qu'il serre et secoue très fort.

— Ce n'est pas drôle, ce n'est pas drôle du tout ! Tu sais qu'on ne peut pas prendre de photos, quand même ! Ce n'est pas une colonie de vacances, ici !

— Mais je n'ai pas de pellicule, c'était juste un jeu.

Il se ressaisit un peu, mais ajoute, encore agité et haletant :

— Ne joue plus à ça, t'as compris !

Je baisse la tête et me mets à pleurer. Tout doucement. J'aurais aimé qu'il ne voie pas mes larmes, mais bientôt je n'arrive plus à contenir un sanglot, étranglé mais parfaitement perceptible. Plus j'essaye de réprimer mes larmes et plus intensément mon corps est secoué par ces pleurs et cet effort même.

Il pivote légèrement, comme s'il allait partir, puis se reprend. Il s'efforce de me parler d'une voix bien plus douce à présent. Mais c'est une voix trop brutalement et artificiellement radoucie pour qu'elle puisse m'apaiser :

— Je suis désolé. Nous sommes tous sur les nerfs, tu comprends ?

Et il tapote très légèrement le sommet de mon crâne, du bout des doigts, tandis que je reste immobile, la tête baissée, les nattes pendantes.

Ce tapotement timoré en guise d'excuse finit de m'humilier.

8

Si ma mère doit éviter de sortir de la maison, c'est parce que sa photo a été publiée dans les journaux. Même si à présent elle arbore une chevelure d'un rouge flamboyant, très éloigné du brun discret du temps où elle avait vraiment la tête de ma mère, c'est-à-dire durant ses années d'étudiante – la photo qui a été publiée dans le journal *El Día* datait de cette période-là ; elle avait sans doute été trouvée dans les archives de l'université où elle avait suivi ses études d'histoire –, il vaut mieux qu'elle se tienne éloignée des regards du voisinage.

Heureusement, ce n'est pas mon cas. Moi, j'ai toujours la même tête qu'avant et puis personne ne me cherche. Je ne fais qu'être là et assister à tout ça.

Vers dix-huit heures, tous les jours, je vois passer la voisine, une grande et belle fille blonde avec de très longs cheveux raides. Elle est mince, souvent serrée dans des pantalons moulants et immanquablement perchée sur de très hauts talons. Le rêve à l'état pur, si j'en juge par les regards admiratifs de la troupe exclusivement masculine qui se forme au prétexte d'échanger quelques matés entre voisins de même sexe, toujours à l'heure, très précisément, où tout le quartier sait que notre belle voisine va bientôt rentrer chez elle.

Moi aussi je la regarde.

Visiblement, elle se sent assaillie par les observateurs masculins, qui, en connaisseurs, la détaillent de la tête aux pieds. Lorsque les buveurs de maté de dix-huit heures tapantes sont trop nombreux ou leurs regards plus audacieux qu'à l'accoutumée, il me semble qu'elle cherche un regard féminin, ou du moins un regard plus bienveillant qu'affamé ; c'est alors qu'elle tombe sur moi, qui lui souris d'un sourire qui n'est pas avide comme ceux des *materos* qui ont choisi d'afficher leur désir sans aucune pudeur ni retenue, même s'il est plein d'une admiration qui me paraît bien méritée.

De plus en plus souvent, nous vivons elle et moi cette scène à l'identique. Vers dix-huit heures, entre le moment où elle apparaît à l'arrêt du bus et celui où elle enfonce la clé dans la serrure de sa porte, quelque deux cents mètres plus loin, elle avance en regardant droit devant elle, sans montrer qu'elle voit qu'on la regarde, même si tout le monde sait qu'elle sait et qu'elle voit bien… Et chaque fois que je me trouve sur sa route, ce n'est qu'à moi qu'elle adresse un regard complice et qu'elle sourit.

Combien de fois cette scène s'est-elle reproduite avant qu'elle ne m'adresse la parole ? Dix, quinze fois ?

Un jour, me voyant encore une fois seule et toujours aussi ravie de la voir apparaître au coin de la rue, elle m'invite à entrer chez elle.

Elle me donne du lait et des gâteaux avant de me faire pénétrer dans sa chambre.

— Viens, tu vas m'aider, dit-elle.

Elle ouvre alors les portes d'une vieille armoire destinée exclusivement à contenir ses innombrables paires de chaussures.

Elle en a de toutes les formes et de toutes les couleurs, mais ce qui me frappe le plus, ce sont plusieurs paires de chaussures roses et violettes à hauts talons, car je n'avais jamais vu de chaussures de cette couleur-là.

— Tu les trouves jolies, hein ?

Je m'entends répondre : « Oui », d'une voix étouffée. Elle dit :

— Tu peux les prendre, tu peux aussi les toucher si tu veux.

Je n'ose pas m'avancer, j'ai trop peur de les salir.

— Si c'est le rose que tu aimes, tiens, je vais te montrer quelque chose, dit-elle.

Et elle monte sur un tabouret pour prendre tout en haut de son armoire une boîte blanche d'où elle sort une paire de chaussures magnifiques, comme je n'en ai jamais vu. Elles sont d'un rose pâle et pourtant extrêmement lumineux, couronnées d'un nœud fait dans le même cuir verni mais paré de plis, comme s'il s'agissait d'un nœud en tissu. Le talon est assez large et massif, sans doute pour rendre possible son élévation ; quand la voisine prend une des chaussures dans sa main et que je vois, d'en bas, une solide colonne rose s'élever vers un contrefort qu'elle hisse sublimement, je comprends que c'est là l'appendice nécessaire et naturel d'une vraie princesse. Je doute d'être digne un jour de porter pareille merveille, mais je me sens immédiatement fière d'avoir eu la chance de les voir d'aussi près.

Elle choisit cinq ou six paires de chaussures qu'elle dispose sur le sol, devant son lit, puis elle sort d'une autre armoire une robe blanche dont le devant est parsemé de ronds verts, roses et violets, beaucoup plus gros que ceux des habituels tissus à pois. Certains d'entre eux se chevauchent, mais toujours différemment, car c'est parfois un rond rose qui recouvre en partie un rond vert, alors que d'autres fois c'est le rose qui se trouve partiellement caché.

Tout à coup, elle me demande :

— Dis-moi, petite, quelles chaussures tu mettrais avec cette robe ?

Surprise par sa question, je reste longuement silencieuse. J'écarte immédiatement les escarpins de princesse, dont je pressens qu'ils ne peuvent être portés que pour une occasion exceptionnelle. D'ailleurs, ce n'est pas pour rien qu'elle les a soigneusement remis dans leur boîte, dont le fond est tapissé de nombreuses feuilles de papier de soie.

Je montre du doigt une paire de chaussures vertes.

— Tu as très bien choisi, me dit-elle.

*

Ma mère fait irruption dans la cuisine tandis que je mets la table pour le déjeuner. Elle est très en colère. Elle reste dans l'embrasure de la porte, comme si la colère l'empêchait d'avancer davantage.

— Qu'est-ce qui s'est passé avec la voisine ?

— Mais rien…

— Comment ça, rien ? Qu'est-ce que tu lui as dit ?

— Je n'ai rien dit. Elle m'a juste montré toutes ses chaussures.

Ma mère semble de plus en plus en colère. Visiblement, elle attend que j'avoue quelque chose, mais je ne vois pas quoi, alors je fonds en larmes.

Diana, qui est entrée dans la cuisine à sa suite, s'approche de moi et tente de calmer maman. C'est elle qui me parle maintenant, de sa voix tellement douce.

— Ce n'est pas grave, j'ai réussi à rattraper les

choses, elle a eu l'air de me croire. Mais comment as-tu eu l'idée de lui dire que tu n'avais pas de nom ?

Je ne comprends pas à quoi elle fait allusion.

Elle se met à raconter que la voisine est venue la voir le matin même pour lui demander ce qui arrivait à « cette petite fille » qui lui avait dit qu'elle n'avait pas de nom. Visiblement, elle fait ce récit à ma mère au moins pour la seconde fois.

Je comprends que « cette petite fille », c'est moi.

En principe, tout ça est arrivé hier, mais je ne m'en souviens pas. Ou alors je ne m'en souviens plus. Enfin, je crois.

Maintenant que Diana raconte cet épisode, oui, il me semble bien que la voisine m'a demandé mon nom, avant ou après la scène des chaussures, quand nous étions dans sa chambre. Avant, j'imagine. Oui, je crois qu'elle me l'a demandé. J'ai répondu : « Laura. » J'ai juste dit mon prénom car je sais que c'est la partie de mon nom que je vais garder. Ensuite, je crois qu'elle m'a demandé : « Et ton nom de famille ? » Sincèrement, je ne me souviens plus de la suite. J'ai dû paniquer, car je sais très bien que ma mère est recherchée et que nous attendons qu'on nous donne un nouveau nom et de faux papiers. Est-ce que moi aussi je suis recherchée ? D'une certaine manière oui, sans doute, mais je sais bien que je suis là par hasard.

Est-ce que j'aurais pu être la fille d'un militaire ? Non, c'est sans doute impossible, j'aurais trouvé ça insupportable. Ce n'aurait pas été moi. Est-ce que j'aurais pu être la fille de López Rega, le Sorcier ? Non, pas du tout, bien sûr, cet homme est un assassin cynique et pervers, tout le monde le sait, il ne pourrait engendrer que des monstres. Je ne crois pas être un monstre, moi. Mais qu'est-ce que je pouvais répondre, alors ? C'est quoi, mon nom ?

Oui, maintenant que j'essaye de me rappeler la scène, je crois que j'ai eu peur, à un moment, chez la voisine. Il se pourrait que je lui aie répondu que je n'avais pas de nom de famille, comme elle te l'a répété, Diana.

Mais il ne faut pas s'énerver comme ça, maman, je comprends bien que c'est ridicule. Ridicule, non, pardon, je comprends parfaitement que c'est grave, et même très grave. J'ai mis tout le monde en danger. J'ai sorti une énormité qui aurait pu éveiller les soupçons de n'importe qui, car ça n'existe pas une petite fille de sept ans qui ne connaît pas son nom de famille et qui pense qu'il est possible de ne pas en avoir. Le plus grave c'est en plus que je n'ai rien dit pour éviter que mon énorme gaffe n'engendre une catastrophe. Oui, c'est vrai, pourquoi je n'ai rien dit, pourquoi je ne vous ai pas prévenus ? Si elle avait parlé de cette énormité à d'autres personnes, le quartier tout entier aurait pu commencer à nous trouver bizarres. Ils nous trouvent sans doute déjà un peu bizarres, oui, c'est vrai. Alors là, si tout le monde avait su qu'il y a dans cette maison une petite fille de sept ans qui dit qu'elle n'a pas de nom, on nous aurait à coup sûr trouvés très, très bizarres… Et puis, avec les sorties nocturnes de la fourgonnette, toute cette terre qu'il faut faire disparaître, une petite fille qui dit : « Je n'ai pas de nom, ma famille n'a pas de nom de famille. » Tu as raison, Diana. Pardon, maman.

Oui, je sais que j'ai eu peur, je m'en souviens parfaitement à présent, je me suis sentie comme tombée dans un piège dans cette maison, avec cette superbe créature blonde à chaussures qui demandait avec insistance : « Mais ton nom, ton nom de famille, c'est quoi ? Ça n'existe pas, des personnes sans nom de famille, tu as forcément un nom de famille ! Ton père et ta mère, c'est madame et monsieur comment ? » Oui, ça y est, je m'en souviens maintenant : « Mon père et ma mère, ils n'ont pas de nom de famille non plus. C'est monsieur et madame rien du tout, comme moi. »

Ma mère devient toute pâle, ou d'une couleur pas habituelle en tous les cas, d'une couleur pas normale du tout.

Moi, j'ai l'impression que le toit va s'effondrer sur nous, que les hommes des AAA sont déjà dehors dans leurs voitures noires et sans plaque d'immatriculation, derrière leurs moustaches et armés jusqu'aux dents, qu'ils vont faire irruption dans la maison et nous tuer tous comme des lapins au fond du hangar, juste devant le grand trou.

Je m'attends à un événement immédiat et tragique pour nous tous, à la fin imminente de toutes ces choses bizarres qui nous arrivent, mais, contre toute attente, Diana éclate de rire, d'un rire clair et joyeux qui tranche sur l'insupportable pesanteur qui s'est installée dans la petite cuisine.

— Ce que tu as dit est tellement énorme que ça m'a aidée pour donner une explication crédible. J'ai dit que tes parents s'étaient séparés et que c'était sans doute ta manière à toi de signifier ta tristesse et ton angoisse. Elle a eu l'air très émue en entendant cela.

Moi aussi. Et soulagée surtout. Je suis tout à fait rassurée que Diana ait eu l'idée d'imaginer pour moi un drame enfantin normal. Elle continue à rire, nous regardant alternativement, ma mère et moi :

— C'était drôle, tu sais, j'en ai rajouté…

Enfin, se tournant vers moi :

— Je crois qu'elle n'osera plus jamais te parler de tes parents !

9

Pour que je ne m'ennuie pas, l'Ouvrier, qui apporte les dernières touches à nos deux chantiers, m'a offert un chat.

Ça a été une belle surprise de le voir sortir de la fourgonnette avec un petit chat tigré qui avait voyagé contre lui, sous la vieille couverture rouge.

Il doit avoir quelques semaines, il est tout petit et très énergique.

J'aime bien jouer avec mon petit chat.

Le problème c'est qu'il ne sait pas s'arrêter et rester calme. Il ne veut pas comprendre quand je lui dis stop. Quand j'ai envie de cesser de jouer pour aller voir le chantier au fond du hangar, il s'agrippe à mes chevilles et me mordille. Je secoue la jambe, arrivant parfois à le décoller de moi, mais il revient immanquablement.

Plus je l'écarte, plus il devient hargneux, prenant même parfois son élan pour me sauter au genou et me planter ses griffes. Il ne me regarde pas et ne m'écoute plus du tout quand nous en arrivons là, lui et moi. Il s'acharne alors sur moi avec une hostilité idiote et mécanique que rien ne semble pouvoir arrêter.

Parfois je n'y tiens plus : je l'attrape alors par la queue et le lance de toutes mes forces contre le mur de la cour pour l'assommer une bonne fois pour toutes.

Mais mon petit chat revient toujours à la charge.

Alors moi aussi je recommence, encore plus fort que la fois précédente, prenant également mon élan comme si je lançais une balle dans un immense terrain de jeu – mais la cour est petite, le mur est proche, et il devrait se fracasser le crâne contre le mur qui se trouve à peine à deux mètres de moi.

Curieusement, le petit chat tigré se relève toujours avec autant de facilité en faisant un petit bond de côté, comme mû par un ressort.

Alors je recommence, encore une fois, mais ces bêtes sont décidément très résistantes. Je comprends l'expression *tener siete vidas como los gatos,* même si le mien semble avoir bien plus que sept vies. Beaucoup plus.

Ce qui est certain, c'est qu'on ne meurt pas comme ça.

*

Je ne sais pas qui a eu cette idée des lapins, si elle vient de l'Ingénieur, d'une des personnes qui habitent la maison ou si des responsables de l'organisation ont eu cette idée pour nous. César peut-être ? J'ai bien compris l'idée de l'Ingénieur quand il m'a expliqué comment on pouvait cacher tout en ne cachant pas. Mais les lapins ? Pourquoi faudrait-il accueillir des centaines de lapins pour mieux nous protéger ?

Aujourd'hui, Cacho en a longuement parlé à table, car ils vont bientôt arriver. Il nous a expliqué comment ça se passera quand les lapins seront là.

Il a dit les choses à peu près comme ça : l'élevage de lapins sera l'activité officielle de la maison. Le volet artisanal et domestique en tout cas, car, lapins ou pas, Cacho gardera son travail à Buenos Aires. Mais grâce à cette activité d'élevage, on devrait amplement justifier toutes ces allées et venues. Comme le chantier de l'élevage a justifié jusqu'ici l'autre, celui d'*el embute.* Quand les lapins seront là, les voyages incessants de la fourgonnette grise, qui servira à transporter des gens ou à faire sortir de la maison les journaux qui y sont déjà imprimés, s'expliqueront par le transport des lapins ou la livraison de nos civets.

— Ah, parce que nous ferons des civets ? ai-je demandé.

— Oui, nous allons nous y mettre... Nous les mangerons nous-mêmes. Nous ferons semblant d'en remplir des caisses entières. Mais dans ces caisses, il y aura des exemplaires d'*Evita Montonera*...

Il y a des choses qui ne me semblent pas très claires encore. Quand je sers le maté dans une réunion, devant César je n'ose pas prendre la parole, mais comme ça, entre nous, à table, je sais que je peux poser des questions. C'est étrange, mais nous formons un peu une famille à présent, Cacho, Diana qui s'arrondit chaque jour davantage, ma mère et moi.

— Et si quelqu'un venait acheter du lapin, quelqu'un du voisinage, je veux dire, il faudra lui ouvrir la porte et le faire entrer dans la maison, alors ?

— En principe oui... Mais de toute façon, les Argentins ne mangent que du bœuf, personne ne viendra.

*

Ils sont arrivés aujourd'hui dans la fourgonnette.

Je ne saurais dire combien ils sont : cinquante, cent, davantage encore ? Quoi qu'il en soit, il a fallu faire plusieurs voyages avant de rassembler ce qui va constituer notre élevage.

On a disposé les cages les unes sur les autres, il s'est formé un mur composite fait de grillage, de poils blancs et de centaines de paires d'yeux rouges entre la porte d'entrée du hangar et le faux dernier mur du fond.

Les lapins qui ont déjà été sevrés se serrent dans des cages d'engraissement ; ils sont en général six ou sept dans un tout petit compartiment. Les mamans lapines sont un peu mieux loties, car elles occupent un seul compartiment avec toute leur portée.

J'aime les regarder se presser autour de la pipette à eau ou manger des granules couleur sable tandis que ma mère s'occupe d'une petite rotative offset, juste derrière le faux dernier mur. C'est que les lapins sont arrivés au moment où l'imprimerie a commencé à tourner à plein régime.

Au fond du hangar, les journaux s'entassent, soigneusement empilés. Par paquets de dix, les exemplaires d'*Evita Montonera*, régulièrement disposés en quinconce, forment d'étranges colonnes. Devant le faux dernier mur, les lapins se multiplient à une vitesse inouïe. Et plus il y a de boules de poils blancs dans les cages, plus les doigts de ma mère sont profondément tachés par une encre épaisse et noire. Bientôt, même en frottant très fort avec une petite brosse à poils durs et du savon blanc, elle n'arrivera plus à la faire disparaître.

*

Aujourd'hui, nous avons fait notre premier essai culinaire.

Diana a attrapé par les oreilles un joli lapin

blanc avec l'intention de le tuer, mais alors « vite fait ».

Le lapin, semblant pressentir ce qui se préparait, s'agitait dans tous les sens, fixant Diana de ses yeux écarlates. Elle l'a collé contre le plan de travail de la cuisine et m'a demandé de lui tenir les pattes arrière.

— C'est très simple. C'est bien connu, il suffit de leur donner un petit coup sec derrière la tête.

Diana m'a dit avoir lu ça dans un livre, à moins qu'on ne le lui ait raconté, elle ne savait plus très bien. Pour elle aussi, c'était la première fois.

Elle a saisi énergiquement un petit marteau en bois que l'on utilise habituellement pour aplatir et attendrir les escalopes et elle lui a assené un petit coup derrière la tête. Le marteau a rebondi légèrement sur la masse épaisse de poils blancs qui recouvrait ce qui avait l'air d'être la nuque du lapin. Le lapin continua à s'agiter de plus belle, tentant de se dégager avec de plus en plus d'énergie.

— Je ne sais pas pourquoi les gens n'aiment pas manger du lapin dans ce pays, dit Diana, nullement affectée par l'échec de sa première tentative. C'est peut-être à cause de cette expression, *vender gato por liebre.* Il paraît que dans une assiette on ne voit pas de différence entre la viande de chat, de lièvre ou de lapin. Mais là, tu sauras qu'il ne s'agit pas de ton petit chat, puisque nous l'aurons tué ensemble.

Au moment où elle a prononcé ces mots, je me suis laissé dépasser par les efforts que le lapin faisait pour se dégager ; ses pattes arrière se sont dérobées et le lapin est parvenu à nous échapper quelques instants avant que Diana ne le rattrape par les oreilles et n'écrase de nouveau ses membres postérieurs sur le carrelage de la cuisine. Tout en le tenant fortement, elle a ajouté :

— Mais je ne crois pas que ce soit si courant de se faire avoir comme ça. C'est sans doute beaucoup plus difficile de tuer un chat. Si on était en train de tuer un chat, là, il nous aurait déjà sauté au visage toutes griffes dehors…

Honteuse de mon inattention qui avait failli compromettre définitivement notre première tentative, j'ai fait oui de la tête. M'efforçant d'être à la hauteur :

— C'est bon, là. Je ne lâcherai pas, je le serre très fort avec mes deux mains.

Diana m'a alors regardée :

— Le problème, c'est que tu es beaucoup trop petite. Si tu étais au-dessus du lapin comme moi, tu pourrais peser sur lui de tout ton corps.

Tout en disant cela, elle a approché jusqu'à moi un tabouret qu'elle a réussi à déplacer en se servant de l'une de ses jambes comme d'un crochet. J'étais étonnée de voir que malgré son gros ventre de femme enceinte elle arrivait à être aussi agile. Pendant ce temps, elle maintenait la tête et les membres antérieurs du lapin, qui continuait à gigoter.

— Tiens, monte là-dessus.

Moi aussi, je me suis cramponnée à mon bout de lapin tandis que je montais sur le tabouret.

— C'est bon ? me demanda Diana.

— Oui, comme ça c'est beaucoup mieux. Je ne risque pas de le lâcher.

— Bon, très bien. Je crois quand même que nous avons aussi un petit problème d'ustensile. Je pensais que le marteau à escalopes suffirait... Tiens-le bien fort. Je vais chercher la poêle en fonte.

Tandis que je tenais le lapin en écrasant ses pattes sur le carrelage, Diana finit par lui donner le coup fatal. Après quelques soubresauts convulsifs, le lapin cessa enfin de bouger.

*

Puis Cacho a eu une autre idée. Un jour il a dit comme ça, au petit déjeuner :

— En cas de contrôle de la police sur les routes, ils risquent d'ouvrir les caisses, juste pour voir nos civets... et ils tomberont sur les journaux.

Diana, ma mère et moi nous sommes regardées, plutôt étonnées. Bien sûr que le danger était grand. Énorme, même. Où voulait-il en venir avec ces évidences matinales ?

— Et si nous faisions des paquets cadeaux ? De gros paquets enveloppés dans du papier brillant avec plein de rubans colorés ? On n'hésite pas à ouvrir une caisse grossière juste pour voir, mais il est probable qu'un policier hésite à déchirer un joli cadeau enveloppé avec amour, surtout si c'est Diana qui est au volant, non ?

Nous avons tous bien ri en la regardant. Elle aussi riait, amusée, balançant sa tête à droite puis à gauche comme pour ressembler davantage à une jeune femme gentille et charmante. Avec son gros ventre de femme enceinte, ses jolis yeux et ses belles boucles blondes, on l'imagine bien franchir tous les contrôles avec un énorme paquet garni de rubans à l'arrière de la fourgonnette. Et s'attirer en prime le sourire attendri du policier. Puis, en faisant un mouvement de la tête dans ma direction, Cacho a ajouté :

— Et pour les paquets, la petite pourra nous aider. Ça t'amuserait de faire de jolis paquets cadeaux pleins d'exemplaires d'*Evita Montonera ?*

— Ben oui, ce sera très amusant ! Est-ce que je pourrai friser les rubans comme ils font parfois dans les beaux magasins ?

— Et comment ! Nous ferons de très jolis paquets, tu verras. C'est un peu comme ce que l'Ingénieur t'a expliqué au sujet d'*el embute* et que tu avais trouvé si bizarre, tu t'en souviens ? Au lieu de cacher nos journaux, on va enrubanner tout ça. En cas de contrôle, j'en suis sûr, ils n'y verront que du feu !

10

Après que le sujet a été abordé dans une réunion à la maison, on décide que j'irai à l'école, mais dans une école privée, l'école San Cayetano, où la police semble contrôler rarement l'identité des élèves. Tous pensent que mes faux papiers, qui viennent tout juste de nous parvenir, ont plus de chances de passer inaperçus là-bas.

Ce sont des religieuses qui font la classe, à des petites filles, exclusivement.

Toutes ces petites filles ensemble, c'est vraiment d'une tristesse inouïe.

Le pire, ce sont les récréations. L'absence de garçons pèse, horriblement. C'est comme une chape de plomb qui nous condamne à l'ennui et aux jeux les plus insipides, dont on connaît toujours la fin.

Toutes les petites filles sont épouvantablement sages. Séparément, chacune d'entre nous a peut-être un peu de vie. Mais lorsqu'on se retrouve dans la cour de San Cayetano, c'est comme si nos énergies individuelles s'annulaient. À l'heure de la récré, nous déambulons par groupes, qui sont autant de troupeaux mornes et silencieux. Nous sommes assez nombreuses, mais il règne dans la cour un silence insoutenable.

Les bonnes sœurs se déplacent aussi en silence, par groupes de deux ou trois, ne nous regardant jamais – nous sommes si sages – ou alors avec des yeux sans éclat, comme éteintes. Comme si leurs yeux glissaient sur nous.

Puis quelque part une cloche sonne, et nous nous regroupons toutes par classe, deux par deux, formant des rangées très disciplinées de tabliers blancs face à la porte de notre salle, devant la religieuse qui nous tient lieu de maîtresse.

Je ne sais pas de quelle couleur sont les cheveux de Rosa – la nôtre – car elle porte sur la tête un voile noir bordé de blanc et une longue robe grise, comme toutes les autres d'ailleurs, même si je l'imagine blonde car ses yeux sont clairs. Mais Rosa ne nous regarde jamais.

Quand nous pénétrons dans la salle de classe, chaque petite fille rejoint la place qui lui a été attribuée. Nous nous tenons debout, bien droites, les bras le long du corps, jusqu'à ce que Rosa monte sur l'estrade et fasse la même chose que nous, restant un long moment immobile à côté de son bureau. Qu'attend-elle ? Pas que le silence se fasse, non. Il n'y a que lui. Ensuite elle joint les mains, ferme les yeux en baissant très légèrement la tête comme pour s'excuser de le rompre : « *Padre nuestro que estas en el cielo...* » Toutes les petites filles l'imitent, s'efforçant de prononcer chacune des syllabes qui composent la prière en même temps que Rosa et sans que nos voix ne couvrent la sienne. Elle ne prie pas bien fort, pourtant, alors nous sommes obligées de nous caler à hauteur de murmure. Puis c'est à nouveau le silence. Nous restons toutes la tête baissée et les mains jointes car nous savons que ce n'est pas fini. Bientôt, Rosa enchaîne, avec un filet de voix, cette voix toujours blanche et monocorde : « *Dios te salve, Maria...* » Et nous suivons, nous en tenant toujours au registre du presque imperceptible.

De nouveau, le silence se fait.

Obéissant à un geste de sa main à peine esquissé, nous nous asseyons, tout en soulevant légèrement nos chaises, pour que ce mouvement ne vienne pas perturber les oreilles de quiconque. Vingt-cinq chaises sont ainsi déplacées sans bruit. À San Cayetano, tout doit se dérouler dans le silence. Si quelqu'un avait pu assister à cette scène les yeux fermés, il aurait pensé, à coup sûr, qu'il ne s'est vraiment rien passé dans la petite salle de classe.

Puis Rosa fait un nouveau geste de la main, un geste qui semble être la parfaite réplique du précédent : après avoir bougé la main droite vers la fenêtre qui donne sur la rue, en faisant très légèrement tourner son poignet dans sa direction, voici qu'elle bouge son poignet en sens inverse, comme si elle cherchait à effacer son premier mouvement. Nous nous asseyons toutes en même temps, toujours de manière aussi docile et muette.

Toujours debout sur l'estrade, Rosa passe alors derrière son bureau et, les mains posées dessus, se met à déclamer des choses, je ne sais pas très bien quoi, mais elle n'arrête pas de parler en regardant droit devant elle, avec ses yeux vides.

Je me demande si son voile la gratte.

Puis c'est de nouveau la récréation, encore plus longue que la précédente.

Interminable.

Sur le chemin du retour, je m'arrête à chaque fois sur le bord d'un fossé. J'ai une petite fiole transparente où j'aime enfermer des têtards.

Ensuite, je rentre pour le goûter.

Aujourd'hui, c'est le jour où l'on nettoie les armes. J'essaye de trouver un coin de table propre car elle est jonchée de tiges et d'écouvillons pleins d'huile. C'est que je ne voudrais pas souiller ma tartine de *dulce de leche.*

11

Hier je suis allée voir mon père en prison, pour la seconde fois.

Voilà comment ça s'est passé : très tôt le matin, nous sommes parties, ma mère et moi, de la maison aux lapins pour prendre un des bus qui conduisent au centre-ville. Près d'une place où je crois être allée hier pour la première fois, nous sommes descendues du bus. Sur un banc un peu à l'écart, loin de l'espace de jeux qui occupe le centre de la place, il y avait ma grand-mère et mon grand-père paternels. Ils ont à peine échangé quelques mots avec ma mère, seulement pour confirmer l'heure et le lieu d'un autre rendez-vous, prévu le jour même, le soir. Puis ma mère s'en est allée, me laissant avec eux, après leur avoir donné ma carte d'identité d'avant, celle où figure mon vrai nom, celui que je portais avant mes tout nouveaux faux papiers.

Nous sommes montés dans la voiture de mon grand-père. Nous avons attendu de ne voir personne sur la place et dans les rues environnantes, mais comme à cette heure matinale il n'y a pas grand monde dehors, nous n'avons pas dû attendre bien longtemps, puis mon grand-père s'est tourné vers moi en appuyant très légèrement sur ma tête :

— Baisse-toi et glisse-toi sous la couverture qui est sur le siège.

Il n'a pas eu besoin d'en dire plus, je savais ce que j'avais à faire.

Ensuite ma grand-mère m'a parlé sans se tourner vers moi, qui étais à l'arrière, sous la couverture. Du coup, le son de sa voix me parvenait de manière très affaiblie, comme amorti, car non seulement elle parlait dans une autre direction, mais moi, sous la couverture, à plat ventre, je serrais de toutes mes forces ma tête entre mes bras. J'ai néanmoins réussi à distinguer quelques sons :

— *Tula... contenta...*

Je n'ai pas demandé davantage d'explications. Ne sachant pas où nous étions ni où nous allions, je n'ai pas changé de position, m'efforçant de rester aussi immobile et silencieuse que, sans doute, l'étaient, chaque fois, l'Ingénieur et l'Ouvrier, cachés sous la vieille couverture, dans la fourgonnette de Diana.

Au bout d'un long moment, j'ai perçu l'arrêt du moteur, puis ma grand-mère m'a libérée.

— Voilà, nous sommes à la maison.

Il m'a fallu un certain temps pour reconnaître les lieux, qui étaient complètement plongés dans l'ombre. Je suis restée assise à l'arrière, tout engourdie, attendant surtout qu'on vienne me chercher.

Ma grand-mère, la première, est descendue de voiture et m'a ouvert la portière. Alors, j'ai reconnu le garage de mes grands-parents.

— Tu vois, elle t'attendait.

C'était Tula, la chienne qu'on m'avait offerte quatre ou cinq ans plus tôt et qui était restée chez mes grands-parents, car c'était déjà assez compliqué comme ça. Elle tournait autour de moi, remuant la queue. Contente, oui. C'est bizarre, mais elle m'avait reconnue. Comme si j'étais toujours la même.

*

Chez mes grands-parents, la salle à manger est toute petite. La table est collée contre le mur, juste sous une fenêtre qui donne sur la cour.

Nous mangeons en silence du *matambre* et de la salade. Je n'ose pas parler, et eux non plus.

Ils ne me posent aucune question, ni sur le lieu où j'habite ni sur ma nouvelle école.

J'en suis drôlement soulagée.

Cette joie de Tula, cet enthousiasme. Tellement inattendus, tellement rassurants.

Je me couche sur le dos cette fois-ci, les bras en croix, et elle vient près de moi. Je ferme les yeux tout en balançant ma tête de droite et de gauche tandis que Tula me lèche le visage.

*

Nous sommes repartis et je me suis de nouveau cachée sous la couverture, moins tendue cette fois-ci. Après quelques minutes, ma grand-mère me touche la tête et dit :

— Tu peux sortir maintenant. Nous approchons de la prison.

J'obéis, mais je suis très inquiète :

— Mais on va me voir, la police...

— On ne voulait pas que les voisins... Les questions, tu comprends... Pour la police, si quelqu'un nous demande comment tu es là, nous dirons qu'on t'a déposée devant notre porte. Si quelqu'un te pose des questions, c'est ce que tu diras : que tu étais dans un endroit que tu ne connais pas, avec des gens que tu ne connais pas et dont tu ignores le nom, puis que l'on t'a déposée devant notre porte, comme ça. Mais il serait préférable que personne ne pose de questions.

Je comprends alors que si quelqu'un, à la prison, pose des questions, je ne pourrai pas retourner dans la maison aux lapins. Il me semble que j'en ai peur. Enfin, c'est encore une de ces choses dont je ne suis pas tout à fait sûre.

*

La suite aussi, je connaissais déjà : d'abord, ce sont les hommes et les femmes qui se mettent en rang, séparément, avant la fouille. Puis c'est la même petite cabine avec une dame qui porte un tailleur strict, qui a toujours un chignon, très serré, planté au sommet de son crâne – mais est-ce la même que la dernière fois ? – et qui nous fouille longuement, en commençant par ma grand-mère. Qui a toujours les mêmes seins tombants et mous, mais cette fois-ci je suis prévenue. Puis la dame nous pétrit, elle nous malaxe à tour de rôle, revenant à trois reprises aux énormes seins de ma grand-mère. Il est vrai qu'ils ont davantage l'air d'être des sacs que des seins et qu'on a du mal à croire que toute cette masse, ce n'est que de la chair.

La dame au chignon finit par dire :

— C'est bon, vous pouvez vous rhabiller maintenant.

Une autre dame nous accompagne jusque dans un hall où se trouve mon grand-père sur un banc, à côté d'un autre homme, car ensuite nous passons par familles. Puis une première grille est ouverte par un policier bedonnant, avant que nous n'empruntions un très long couloir sans fenêtres.

Au bout de ce couloir, il y a encore une grille et un autre policier bedonnant, qui ressemble beaucoup au premier, avec des cheveux noirs et gras et des moustaches également noires que la graisse a rendues luisantes. On nous palpe une nouvelle fois mais maintenant rapidement, sans nous demander de nous déshabiller, car c'est à la vue de tous. Je me demande à quoi ça peut bien servir après le long pétrissage de la dame au chignon.

Devant nous, il y a une porte métallique grise avec, tout en haut, une ouverture minuscule derrière une rangée de petits barreaux serrés. Derrière deux énormes canons d'armes à feu, des armes bien plus grosses que celles des policiers bedonnants, deux militaires se tiennent de part et d'autre de la porte. Elles ont l'air d'avoir été bien huilées, je suis juste en face du trou noir et je vois comme il brille. Ils restent immobiles tandis qu'un autre policier ouvre la porte pour nous laisser passer.

Dans la salle, il y a deux bancs face à face et quatre militaires armés à chaque angle de la pièce, comme ceux qui étaient devant la porte. Une porte identique à celle par laquelle nous sommes entrés lui fait face, à l'autre extrémité.

Il y a des personnes qui ont l'air d'être arrivées avant nous et qui sont déjà installées sur les bancs : un homme et une femme puis, à une certaine distance mais sur le même banc, une femme très jeune avec un bébé tout rose dans les bras. Le policier bedonnant, qui est entré dans la salle avec nous, nous fait signe de nous asseoir à l'un des bouts du banc, également à un mètre ou deux de la femme à l'enfant.

Nous attendons, impatients, à l'affût d'un tintement de clés ou d'un bruit de pas. Plusieurs fois, on entend des gens approcher, mais ils ne s'arrêtent pas.

Finalement, c'est par l'autre porte et non par celle que nous avons empruntée qu'on les voit entrer. Ils sont trois, mon père et deux hommes beaucoup plus âgés. L'un d'entre eux a perdu deux dents de devant, plus précisément les deux d'en haut ; leur absence forme un autre trou qu'il est impossible d'ignorer. Tous les trois portent le même costume bleu que j'avais vu sur mon père lors de la première visite.

Dès son entrée, mon père esquisse un sourire embarrassé. Je crois qu'il est gêné de me voir, surpris aussi et inquiet, probablement. Il s'assoit en face de nous, sur le banc opposé, juste à l'endroit que lui a indiqué un nouveau policier bedonnant – chaque prisonnier a le sien qui l'accompagne et lui indique pareillement la place qui lui a été assignée.

Ma grand-mère s'adresse au nôtre :

— Est-ce que la petite peut embrasser son père ?

Il regarde à droite, à gauche, ne sachant pas, visiblement, quoi répondre. Les militaires aux quatre coins de la pièce demeurent imperturbables, le canon de leurs armes toujours pointé vers son centre. Manifestement troublé et perplexe, le policier hausse les épaules, ce que ma grand-mère s'empresse d'interpréter comme un assentiment de sa part.

— Le monsieur a dit oui, dit-elle, vas-y.

Je fais quelques pas en direction de mon père, sans décoller les yeux du canon le plus proche, celui de l'homme qui est juste devant moi. Je vois bien que ce trou noir arrive au niveau de ma tempe. Je lève les yeux vers l'homme, mais il reste immobile, l'arme toujours pointée droit devant lui, sans manifester de réaction face à l'invitation de ma grand-mère et à mon approche. Après une pause, je fais encore quelques pas.

— Mais vas-y, dit ma grand-mère. N'aie pas peur, le monsieur n'y voit pas d'inconvénient. Hein, monsieur ?

Le moustachu à bedaine a toujours l'air de chercher un regard ou une réponse, un peu plus nerveusement, me semble-t-il, qu'auparavant. En vain. Les militaires à gros canons restent figés.

Quelques pas encore et me voilà prise de hoquets et d'un haut-le-corps inattendus que j'essaye de contenir. Le malaise est là, aussi imprévisible que puissant : mon estomac se convulse violemment, j'arrive pourtant à faire quelques pas supplémentaires pour m'agripper à une des manches du costume bleu nuit de mon père. Arrivée près de lui, je lui vomis dans l'oreille.

*

Puis c'est le retour.

Je me cache de nouveau sous la couverture, non pas pour que je ne voie pas où nous allons, comme l'Ingénieur et l'Ouvrier, mais parce que ma grand-mère tient à me protéger des voisins et de leurs questions et à s'en protéger aussi par la même occasion.

Je joue encore une fois avec la chienne, qui me lèche de nouveau le visage. Et nous quittons la maison de mes grands-parents à la nuit tombée, avant de retrouver ma mère, quelque part dans La Plata.

L'échange entre ma mère et mes grands-parents est bref : tout le monde a eu très peur. Tant que la situation est telle, il vaut mieux que je ne retourne pas voir mon père en prison.

C'est beaucoup trop dangereux.

12

Jamais je n'aurais imaginé qu'une telle tristesse condamnait les cours d'école sans garçons. À San Cayetano, on n'entend jamais un cri ni une dispute. Les petites filles déambulent en état de torpeur, somnolentes, se laissant porter par le déplacement du conglomérat amorphe, du sinistre amas de blouses blanches qui les entoure.

Pourtant aujourd'hui, juste avant la fin de la récréation, il s'est passé quelque chose, un événement qui a perturbé ces flux collectifs et quotidiens.

Deux petites filles qui avaient quitté leur nébuleuse, ne suivant plus le mouvement de leur groupe, se sont isolées dans un coin de la cour. La plus jeune d'entre elles s'est agenouillée devant l'autre, une fille blonde aux cheveux longs qui devait avoir neuf ou dix ans.

Alors l'aînée a sorti un grand mouchoir en tissu d'une des poches de son tablier d'écolière et se l'est posé sur la tête, regardant droit devant elle, faisant mine d'ignorer la petite à genoux, qui, aussitôt, a joint les mains, exactement comme le fait Rosa, chaque jour, au moment de la prière.

Une religieuse a accouru depuis l'autre extrémité de la cour :

— Mais qu'est-ce que vous faites, qu'est-ce qui vous prend ?

— On joue à la Vierge Marie, a répondu la petite, toujours agenouillée. Leonor, c'est la Vierge Marie, alors moi je me mets à genoux devant la Vierge Marie.

Elle avait l'air très fière de ses explications, mais la religieuse a saisi avec rage le mouchoir blanc qui était sur la tête de Leonor et a relevé de force l'autre enfant, en la tirant très fort par le bras. La petite s'est alors mise à crier :

— Mais c'est la Vierge Marie !

La bonne sœur a abattu sa main sur la joue de la petite en une gifle qui a résonné très fort dans la cour, habituellement silencieuse.

— C'est très grave, c'est très grave ! Personne n'a le droit de jouer à la Vierge Marie ! Personne, tu entends ?

La directrice, une nonne âgée et passablement ridée, a alors déboulé dans la cour, accompagnée d'une autre sœur. Elles se sont mises en cercle et ont discuté entre elles, de manière très agitée.

Ensuite, la directrice a pris le mouchoir de Leonor et l'a glissé dans sa poche, en guise de pièce à conviction.

13

La Plata, 24 mars 1976

— Ça y est, c'est fait.

C'est Diana qui me l'a dit quand je me suis levée. À vrai dire, on s'y attendait depuis longtemps.

Quelques jours plus tôt, la presse avait annoncé que c'était imminent. « *Es inminente el final. Está todo dicho* », avait même titré un journal.

Je crois que les gens avec qui je suis se l'étaient également dit, quoique cette phrase n'eût sans doute pas pour eux le même sens. Moi, j'avais hâte de savoir quelle armée prendrait le dessus, lequel des candidats dictateurs aurait le dernier mot.

— En fait, ils sont trois : Videla, Massera et Agosti. Chacun d'entre eux représente un des corps de l'armée, l'armée de terre, la marine et l'armée de l'air. Ils se sont partagé les choses comme ça.

On savait qu'Isabel Perón ne contrôlait plus rien, que les militaires tiraient depuis longtemps les ficelles, qu'ils étaient derrière les morts et les disparitions. Et qu'Isabel n'était qu'un fantoche ridicule.

Le Sorcier López Rega avait longtemps auparavant pris la fuite. Isabel était restée, mais semblait plus que dépassée. On disait même que le Sorcier, avant de partir, avait fini par avoir raison des quelques neurones qui lui restaient. Il avait été comme une sinistre sangsue pour Isabel, qui aurait tant voulu ressembler à Evita mais avait dû se contenter de n'en être qu'une grotesque caricature. Une imitatrice pitoyable et ratée. Voilà ce que disait Diana, et tous étaient d'accord avec elle : après sa mort, Perón avait laissé le pays entre les mains d'une lamentable petite dame manipulée par des assassins. C'est pour ça qu'on en était là et que les Montoneros avaient dû prendre les armes avant le coup d'État. Maintenant, au moins, les choses étaient claires.

La piteuse représentation d'Isabel s'était donc achevée dans la nuit du 23 au 24 mars 1976, quand l'hélicoptère qui devait la conduire jusqu'à la résidence présidentielle d'Olivos l'avait déposée en prison : le pilote qui lui tenait lieu de chauffeur était de mèche avec les instigateurs du coup d'État. La Presidenta avait été dépassée et ridiculisée jusqu'au bout.

— Tu vois, ça s'est fini pour elle tout simplement, sans que les militaires aient eu à ouvrir le feu. Depuis longtemps, ce qui tenait lieu de pouvoir n'était que mascarade.

Avec la nouvelle junte, les militaires ne faisaient que prendre officiellement les rênes. Ce coup d'État du 24 mars, loin d'être une surprise, relevait davantage d'une forme de clarification de la situation : voilà ce qu'ils allaient écrire dans leur journal.

— Je crains que pour nous ce ne soit pas aussi simple, a dit Diana, les mains posées sur son ventre.

Ensuite, elle m'a montré une photo qui venait d'être publiée :

— Regarde. Tu les vois ? Le plus puissant et le plus dangereux, c'est celui qui est au milieu avec ses grosses moustaches noires, Videla. Mais les deux autres ne sont pas des anges non plus.

Le projet des militaires est de « redresser le pays ». « Face à un terrible vide du pouvoir », Videla, Massera et Agosti se sont sentis dans « l'obligation, fruit de sereines méditations », de « déraciner définitivement les vices qui affectent le pays ». Voilà ce qu'ils ont déclaré. « Avec l'aide de Dieu », ils espèrent parvenir au « redressement national ». Ils ont même dit ceci : « Cette œuvre sera conduite avec une fermeté absolue et avec la vocation de servir. »

On n'en attendait pas moins.

14

L'Ingénieur est venu voir si tout allait bien.

Assis à côté de moi, il resserre quelques vis sur le boîtier qui nous sert à actionner *el embute.* Comme ses mains sont pleines d'une huile épaisse et noirâtre, pour se lever, il repousse sa chaise d'un coup de fesses. Sans le faire exprès, il fait tomber sur le sol ma veste que j'avais posée, en rentrant de l'école, sur le dossier de la chaise sur laquelle il était assis.

Soudain, je le vois blêmir.

— Qu'est-ce qui est écrit sur le revers de ta veste, là ?

Je la ramasse. Je n'avais même pas remarqué que quelque chose était écrit à l'intérieur, au feutre, sur l'étiquette. Je lis l'inscription et blêmis à mon tour.

— C'est le nom de mon oncle. C'est ma grand-mère qui me l'a donnée. La veste était devenue trop petite pour lui, alors…

L'Ingénieur se met à crier, il est très en colère.

— Mais putain, cette gamine va tous vous

faire assassiner ! L'organisation se tue à faire de faux papiers qui tiennent la route et elle va à l'école avec une veste où on peut lire au marqueur noir le nom de son oncle ! Le *vrai* nom de son oncle ! Mais vous faites n'importe quoi !

— Ne t'énerve pas, dit Diana, la petite sait très bien ce qui se passe, elle fait très attention…

L'Ingénieur est de plus en plus en colère, il crie au-dessus de ma tête en postillonnant.

— Elle sait ce qui se passe ? Tu te fous de moi ? Si elle savait ce qui se passe, si elle comprenait ne serait-ce qu'un petit peu ce qui est en train de se passer dans ce pays, elle n'aurait pas fait une bourde pareille ! Putain de bordel, vous pourriez quand même regarder un peu ses affaires si elle en est incapable !

Puis, se tournant vers moi :

— Qu'est-ce que tu aurais dit si une bonne sœur t'avait demandé pourquoi il y a sur ta veste un nom qui n'est pas le tien ? Hein ? Qu'est-ce que tu aurais dit ?

Je n'arrive plus à parler. Je regarde l'Ingénieur, effrayée. J'aimerais arrêter de le regarder comme ça, mais je n'arrive pas à détourner la tête. Je suis comme accrochée à son regard. Je voudrais qu'il se calme, mais je comprends que ce que j'ai fait est très grave. Je ne suis décidément pas à la hauteur.

— Qu'est-ce que t'aurais trouvé comme explication, hein ? Vas-y, parle ! Qu'est-ce que t'aurais dit aux bonnes sœurs de San Cayetano ?

À l'autre bout de la pièce, Diana me regarde, je le sens. L'un et l'autre attendent quelque chose. Je sais qu'il faut que je donne la bonne réponse, que je leur montre que j'ai compris, qu'en cas de problème je m'en tirerais. L'Ingénieur hurle à présent :

— Qu'est-ce que t'aurais dit ? Réponds, merde !

Il existe une bonne réponse à cette question, j'en suis persuadée. Comme tous les problèmes, celui-ci a une solution. Mais je n'arrive plus du tout à réfléchir. Dans ma tête, je sens une grosse boule vide. Creuse. Je ne sais vraiment plus rien.

Après un long silence, je m'entends murmurer :

— Ben... je ne sais pas... je ne sais pas... je n'en sais rien.

L'Ingénieur, qui tient toujours ses mains devant lui, les doigts écartés, pour ne pas faire pénétrer davantage la graisse qu'il a dessus, donne un violent coup de pied dans la chaise, qui tombe à la renverse. Puis il ouvre la porte de la cuisine d'un autre coup de pied, pour éviter de laisser des traces noires sur la poignée de la porte.

— Il faut arrêter, là ! Ça suffit ! C'est la guerre, bordel, c'est la guerre !

Oui, décidément, je ne suis pas à la hauteur.

Le soir même, la décision est prise : je n'irai plus à San Cayetano.

15

Ce matin, à quelques rues de chez nous, tout un quartier de la ville a été bouclé. C'est pour que la police puisse entrer dans les maisons du périmètre choisi et les fouiller de fond en comble, les unes après les autres. Ils font ça, parfois. La durée de ces contrôles est toujours parfaitement imprévisible. On ne sait jamais, non plus, s'ils vont s'en tenir au quartier qui a été bouclé dans un premier temps ou s'ils vont continuer juste à côté. À moins qu'ils ne le fassent un peu plus loin.

Apparemment nous avons eu de la chance, car nous ne sommes pas à l'intérieur du secteur concerné, qui est un peu plus près du centre-ville. C'est en fait entre le centre-ville et nous que la police met tout sens dessus dessous et personne ne peut être sûr qu'ils ne viendront pas jusqu'à la maison aux lapins.

César est venu nous prévenir, avant de repartir aussitôt, par précaution. Ça se passe un peu plus loin mais on ne sait jamais, alors il vaut mieux que nous soyons seules pour ne pas mettre davantage de personnes en danger en cas de problème. Cacho est parti ce matin, comme tous les jours, pour Buenos Aires. L'Ouvrier n'est pas venu aujourd'hui. Quant à l'Ingénieur, on ne le voit plus.

À la maison, il n'y a que Diana, enceinte de sept mois, ma mère derrière le faux dernier mur du fond, et moi.

J'oubliais les lapins. Les rouleaux de papier cadeau et les rubans. L'imprimerie clandestine et les centaines d'exemplaires de journaux interdits. J'oubliais, aussi, les armes pour nous défendre.

Et le petit chat hargneux.

Nous avons très peur.

Après quelques instants de réflexion, Diana décide que notre manière de nous tenir prêtes sera de cacher le plus de choses possible et d'oublier les armes. Nous n'avons pas vraiment le choix.

Nous ramassons en quelques minutes tout ce qui nous paraît compromettant et nous fourrons tout ça pêle-mêle dans *el embute.* Des femmes, des lapins blancs et une cachette bien camouflée sous une excessive évidence. Le moment est peut-être venu de mettre tout ça à l'épreuve. En vrai.

Pour que nous ne soyons pas trop prises au dépourvu, Diana me demande d'aller chercher du pain et de regarder s'il n'y a pas de mouvements bizarres, des voitures de police ou alors des véhicules inhabituels, avec plusieurs personnes dedans.

— Si tu vois plusieurs hommes dans une voiture, même s'ils ne sont pas en uniforme, viens nous prévenir. S'ils ne sont pas en uniforme et que c'est eux, ça voudra dire que c'est vraiment très grave.

Dehors, je ne vois rien de suspect.

Sur le trottoir d'en face, une petite fille saute à la corde. Un chien jaune traverse la rue.

Alors je vais chercher le pain.

Dans la boulangerie, une vieille dame achète ces petits gâteaux tout noirs qui ont l'air d'avoir brûlé parce que quelqu'un les aurait oubliés dans un four. En réalité, ils ne sont pas brûlés. C'est le sucre brun qui fait ça et cette couleur, c'est exprès. La dame demande à la vendeuse, en postillonnant, les lèvres tremblantes, un kilo de *tortitas negras.*

Puis vient mon tour et je demande du pain, du pain dont nous n'avons pas du tout besoin. Comme prévu.

À mon retour, la petite fille est partie.

Maintenant on ne voit qu'une grosse dame avec une robe à fleurs qui balaye juste devant sa porte. Je n'entends rien d'inhabituel. Je ne vois aucun signe qui pourrait nous alerter.

Mais je ne veux pas rentrer tout de suite à la maison.

Je ne veux pas.

Alors, j'ai l'idée d'aller sur le terrain vague qui est sur le trottoir d'en face, à quelques mètres de la maison, pour faire un petit bouquet d'herbes et de fleurs sauvages pour nos lapins blancs.

Sur un des côtés du terrain vague, il y a un petit pan de mur qui est encore debout, plein de trous d'où sortent parfois des touffes d'herbe. Sur le sol, on voit quelques tas de gravats mais tout autour ce sont des herbes hautes. Dans un coin, je reconnais les pousses de fenouil sauvage que Diana m'avait montrées une fois. J'essaye d'en prendre quelques branches, mais je tire trop fort, si bien que je me retrouve avec un plant entier dans la main, arraché du sol avec ses racines. Je cherche les petites fleurs bleues dont nous avions fait un si joli bouquet la dernière fois, Diana et moi. En vain.

Il n'y a plus de fleurs bleues.

Alors, je rentre à la maison.

— Je n'ai rien vu, dis-je à Diana.

16

Sauf quand Diana me demande de faire des courses dans le quartier, je ne sors presque plus.

Sur la table de la cuisine, nous passons de longues heures à empaqueter des centaines d'exemplaires d'*Evita Montonera* dans un nouveau papier rouge et or que Cacho nous a rapporté de Buenos Aires. Diana s'occupe de couper le papier cadeau tandis que moi je fais friser de petits rubans de couleur. Je trouve ça plus amusant que le découpage. J'essaye de les mettre en boule pour faire comme de très grosses fleurs, mais Diana tempère souvent mes envies d'ornement.

— C'est joli, mais n'en mets pas autant. Nous en sommes déjà au troisième rouleau de ruban rouge. Regarde la pile de journaux qu'il faut encore empaqueter… Arrête avec le ruban, maintenant. Colle plutôt les étiquettes de vœux si tu n'as pas envie de couper le papier.

Ma mère, elle, ne met plus du tout le nez dehors. Sauf au moment des repas, je ne la croise presque plus dans la maison. Depuis le coup d'État, la rotative offset qui est cachée derrière les cages à lapins imprime le plus grand nombre de journaux possible, et ma mère n'a plus un moment de répit. Alors je passe le plus clair de mon temps à faire des paquets avec Diana tout en discutant avec elle des militaires, de la guerre. Et de l'enfant qui va bientôt naître.

*

Quand on a sonné à la porte, Diana aussi a eu peur. Nous n'attendions personne : en général, Cacho rentrait bien plus tard de Buenos Aires et César ne devait pas venir à la maison ce jour-là.

En entendant la sonnerie, je me suis approchée d'elle et l'ai suivie, à quelques pas, incapable de rester seule dans la cuisine. J'avais bien vu qu'elle avait blêmi. Je savais qu'à tout moment les militaires pouvaient débarquer et que les armes qui se trouvaient dans *el embute* étaient entreposées là pour le jour où ça arriverait, si on n'arrivait vraiment plus à faire comme si.

Diana a légèrement écarté le rideau de sa chambre, espérant voir qui avait bien pu sonner.

— Je crois que c'est pour toi, a-t-elle dit, apparemment rassurée.

Elle s'est alors dirigée vers la porte d'entrée.

Un instant, ma peur est devenue plus grande

encore. Je me suis accrochée à sa robe, des deux mains, me cachant derrière elle, marchant au même rythme que Diana. Je ne sais pas si c'était pour être encore plus près d'elle. J'aurais peut-être voulu qu'elle me prenne dans ses bras. Je crois que j'aurais voulu surtout coller à son mouvement à elle, m'y fondre au point de disparaître. Puis je me suis dit que si c'était juste pour moi, ce ne devait pas être ça. Pas encore. Non, ce ne devait pas être ça.

— Je me demandais si la petite ne pouvait pas venir un peu à la maison. Elle est là ?

Je me suis alors montrée, en faisant un pas de côté. C'est que j'avais reconnu la voix de la voisine. Toujours aussi fraîche. Toujours aussi blonde.

— Ça te fait plaisir de venir ?

J'étais incapable de prononcer un mot. Heureusement, Diana a répondu à ma place :

— Bien sûr que ça lui fait plaisir. Hein, que ça te fait plaisir ?

Restant silencieuse, j'ai fait oui de la tête. Plaisir, oui, ça me faisait drôlement plaisir même. Elle ne pouvait pas imaginer à quel point.

*

Puis les moments de répit sont devenus rares. La peur était partout. Surtout dans cette maison.

Je n'arrivais plus du tout à croire que les

lapins blancs nous protégeraient. La mauvaise blague ! Pas plus que les rubans.

Chaque semaine, César nous apportait des nouvelles qu'on ne publiait pas toujours dans les journaux. Des Montoneros étaient tués chaque jour ; des réseaux entiers disparaissaient. Car si on les tuait parfois en pleine rue, il arrivait plus souvent encore que les militants disparaissent. Envolés.

Alors, quand Diana m'a proposé de monter avec elle dans la fourgonnette grise pour aller à un rendez-vous afin de livrer quelques journaux, j'ai ressenti une grande joie et surtout un immense soulagement. Le piège, c'était cette maison. Quand je pense à ma mère, emmurée derrière les lapins, faisant tourner la rotative… Mais ce jour-là, heureusement, Diana et moi sommes un peu sorties.

Après avoir déposé sur le siège arrière un joli paquet cadeau, avec plein de rubans rouges autour d'une étiquette clamant un immense *¡Felicidades!*, Diana a fait démarrer la fourgonnette grise et nous sommes parties en direction du centre-ville.

Comme la plupart des rendez-vous, celui-ci a eu lieu sur une place de La Plata où les rencontres sont plus à même de passer inaperçues. Nous devions retrouver une femme accompagnée elle aussi d'une petite fille qui avait à peu près le même âge que moi. Je ne l'avais jamais vue, mais je lui ai souri et elle a aussitôt répondu à mon sourire. Elle était probablement dans une situation proche de la mienne. En tous les cas, rien qu'à son regard j'ai compris qu'elle vivait aussi dans la peur. La peur allait être la même après, je le savais, et tant que tout cela durerait, mais ça m'a réconfortée de voir cette petite fille. Ce jour-là, toutes les deux, c'est comme si nous avions porté toute notre peur ensemble. Forcément, ça paraissait un peu moins lourd.

Après avoir laissé le cadeau à la dame, nous sommes remontées dans la voiture.

— Tu vois, cette femme. Elle a été torturée mais elle n'a pas parlé. On lui a fait des choses horribles, tu sais, des choses que l'on ne peut pas dire à une petite fille de ton âge. Mais elle n'a pas ouvert la bouche. Elle a tout supporté sans un mot.

Je n'ai pas cherché à savoir en quoi consistaient ces « choses ». Moi aussi, je sais me taire.

Je n'ai fait qu'imaginer.

J'ai pensé à des choses qui font très, très mal, avec de grands clous rouillés ou plein de petits couteaux, à l'intérieur, tout au fond. Et elle, qui n'avait pas desserré les dents. Puis je me suis dit, de moi à moi, qu'être une femme forte, c'était ça.

17

Combien de temps ça fait que je ne vais pas à l'école ? Trois, quatre mois peut-être. Par ma faute, il m'est devenu impossible de retourner chez les bonnes sœurs. On n'en parle même plus, d'ailleurs.

Je suis obsédée par la peur de devenir idiote, comme la Presidenta, qui à la fin n'y comprenait vraiment plus rien. Elle, on avait fini par lui vider le cerveau. C'est surtout le Sorcier qui lui a sucé ses derniers neurones à force d'organiser pour elle des rituels magiques censés accroître son charisme et l'aider à prendre la place d'Evita dans le cœur des Argentins.

Il n'y a pas pareille sangsue à mes côtés, mais je sais bien que je devrais être en train d'apprendre de nouvelles choses et que toutes ces journées sans école m'éloignent de plus en plus profondément des autres enfants et de ce qui se passe dehors. Même si je ne me souviens plus du tout du contenu des déclamations de Rosa à San Cayetano. Mais maintenant que je ne vais plus à l'école, j'ai comme l'impression qu'elles me manquent. Jusqu'à la cour silencieuse et ces petites filles si sages qui me manquent aussi.

Alors, le soir, quand nous avons fini nos paquets, je sors de temps en temps le petit cahier que j'avais chez les bonnes sœurs et où j'avais réussi à copier quelques leçons. J'essaye de reprendre les choses et de poursuivre à ma manière, mais je ne sais pas trop comment.

Parfois, Diana fait un peu la maîtresse d'école pour moi. Juste avant de commencer à préparer le dîner, elle invente quelques exercices que je dois résoudre sur la table de la cuisine, avant qu'il ne soit l'heure de mettre le couvert. Le plus souvent, elle me fait faire des mathématiques.

Ce que je préfère, c'est quand elle invente pour moi des problèmes qui forment des petits bouts d'histoires, comme cette fois où les habitants d'un village devaient se partager le contenu d'un sac de farine de 250 kilos, ce qu'ils allaient faire équitablement, 5 kilos par adulte et 2,5 kilos par enfant, mais ils comptaient quand même aussi garder un peu de farine pour l'école du village, 30 ou 40 kilos, je ne sais plus, alors il fallait trouver combien il y avait d'enfants et combien d'adultes, en sachant qu'il y avait 1,5 fois plus d'enfants que d'adultes.

Pour finir, Diana m'avait demandé d'illustrer le problème en y mettant plein de couleurs.

*

Un jour, j'ai dit à Diana que moi aussi je voulais inventer des exercices, comme elle le faisait avec ses problèmes de mathématiques, alors je lui ai demandé si elle trouvait que c'était une bonne idée que j'invente des mots croisés. Elle m'a dit :

— Des mots croisés ? Oui, ça peut être un bon entraînement. D'accord, vas-y, je te les corrigerai.

J'avais envie de lui faire une surprise en imaginant des mots croisés qui parlaient un peu de ce qui nous arrivait.

C'était vraiment bizarre de le faire sur le cahier qu'on m'avait acheté pour aller à San Cayetano où je devais tout cacher et ne rien dire du tout, mais je savais que ça n'avait plus d'importance, car de toute façon je n'y retournerais plus ; j'étais même sûre que ce cahier, maintenant, ne sortirait plus de la maison. Voici les mots croisés que j'ai imaginés :

Horizontales : 1. *Del verbo « ir »* : VA
2. *Imitadora fracasada y odiada :* ISABEL
3. *Del verbo « dar »* : DA
4. *Patria o…* : MUERTE

Verticales : 1. *Asesino* : VIDELA
2. *Casualidad* : ASAR
3. *Literatura, música* : ARTE

	■	V	A	■			
	■	I	S	A	B	E	L
	■	D	A	R	■		
M	U	E	R	T	E	■	
		L	■	E			
		A		■			

Je me suis retrouvée avec une grille embryonnaire et assez imparfaite, pleine de blancs – ou de nombreuses cases noires. En tout cas, je ne savais pas très bien comment continuer. À ce stade, j'étais en panne.

Voyant que je n'écrivais plus rien depuis quelques minutes, Diana s'est approchée de moi pour regarder par-dessus mon épaule ce que j'avais fait. Elle a d'abord souri. J'en ai été très contente ; même si j'avais du mal à continuer, je n'avais pas totalement raté mon coup. Puis elle a joué son rôle de maîtresse :

— Là, tu as fait une faute d'orthographe. *Asar* écrit comme ça, c'est un verbe à l'infinitif. Ça veut dire « faire cuire » ou « rôtir » ; c'est de là que vient le mot *asado,* qui s'écrit aussi avec un *s.* Le mot auquel tu pensais, c'est le nom commun qui a le sens d'« occasion ou événement imprévisible ». Mais il s'écrit avec un *z.*

Ma grille était déjà assez bancale comme ça et voilà qu'en plus il y avait une faute d'orthographe…

Azar : le deuxième mot vertical portait bien

son nom, car il s'était vraiment trouvé là par hasard. C'étaient les autres que j'avais choisis pour faire rire Diana, le quatrième mot horizontal, surtout, qui reprenait le slogan qui servait toujours à clore les articles les plus importants du journal *Evita Montonera* ou les déclarations de Firmenich et que j'avais vu plus d'une fois écrit à la peinture sur les murs de la ville, quand je prenais encore le bus. Je me souviens même d'une fois, il y a longtemps, avant que mon père n'aille en prison, je crois, où on avait vu sur un mur : PATRIA O MU. Je ne sais plus avec qui j'étais, avec une de mes tantes peut-être. Ce dont je me souviens très bien, c'est que la personne qui était avec moi m'a dit : « Regarde, c'est très drôle, ça c'est un militant montonero qui s'est fait surprendre avant de finir son graffiti. Finalement, peut-être que c'est plus parlant comme ça, en tout cas ça fait moins peur : si on ne s'occupe pas de l'Argentine, on va tous devenir de grosses vaches, muuu ! »

Ça m'avait beaucoup fait rire, c'est pour cela que je me souviens si bien de ce slogan. PATRIA O ¡ MUUUHH ! : personnellement, je préférais, mais Diana n'aurait pas compris car elle n'avait sans doute pas vu ce graffiti inachevé.

Quoi qu'il en soit, comme le premier ou le troisième mot horizontal, *azar* s'était trouvé là sans que je l'aie vraiment choisi, juste pour remplir quelques cases supplémentaires et que ça ressemble un peu plus à des mots croisés.

Mais quand Diana m'a signalé la faute que j'avais faite, j'ai été immédiatement persuadée qu'il fallait que ce mot reste, qu'il fallait à tout prix lui laisser sa chance.

Pour éviter que ma grille bancale ne soit, en plus, totalement erronée, j'ai donc choisi de corriger la deuxième de mes définitions horizontales :

Horizontales : 2. *Imitádora fracasada y odiada* (con una falta de ortografía) : IZABEL

18

Je me souviens de plusieurs réunions qui ont eu lieu ensuite à la maison, toujours présidées par César, mais subitement plus rapprochées qu'à l'accoutumée.

C'est au cours de l'une de ces réunions qu'est apparu un sujet nouveau : notre départ.

Il se trouvait que ma mère avait réussi à rencontrer son père, l'avocat qui défendait les petits trafiquants et les contrebandiers. Effrayé par ce qui se passait, par ces morts et ces disparitions chaque jour plus nombreuses, il se disait prêt à tout pour que nous quittions l'Argentine.

— Oui, mais ton père, il n'est pas solidaire. Il veut donner de l'argent à l'organisation ?

Je continue à servir du maté, sauf à César. Comme il le prend avec du sucre et que tous les autres le préfèrent amer, je le sers toujours en dernier, car après qu'il l'a sucré le maté est foutu pour les autres et il faut tout recommencer depuis le début.

— Il veut que nous partions, la petite et moi.

Il ne cherche pas du tout à aider l'organisation. C'est un vieux péroniste, mais un péroniste de la vieille école, plutôt traditionnel et assez à droite. En tous les cas, il n'est pas *gorila*, il ne soutient pas les militaires.

Je sers toujours le maté en silence, mais je ne perds pas un mot de la conversation et suis très rassurée par ce que je viens d'entendre. Je l'aime beaucoup de toute façon, mais un grand-père *gorila*, j'aurais eu du mal… Ma mère poursuit :

— Mon départ peut être utile… Je peux aider depuis l'étranger. Il y a beaucoup de militants qui sont partis déjà, non ? C'est important de dénoncer en Europe ce qui est en train de se passer ici.

— Il est vrai que beaucoup de militants sont partis. Mais pas les militants de base, seulement les chefs, *la conducción*.

Un silence se fait, gêné. Gênant…

Qu'est-ce qu'il a dit ? Est-ce vrai ?

Les militants de base se font tuer ici tandis que les chefs se mettent à l'abri à l'étranger ?

César a l'air de regretter ce qu'il vient de dire. Il semble prendre conscience de tout ce que sa réponse pourrait suggérer.

— Et puis, on a besoin que ta fille nous explique comment elle a fait pour devenir cul et chemise avec la superbe blonde que vous avez comme voisine. Elle est finalement la seule à avoir réussi à la fréquenter d'aussi près…

Tout le monde éclate de rire.

Sans grande conviction.

*

Lors de la troisième ou de la quatrième fois que ce sujet a été abordé, la décision a été prise. À vrai dire, je ne sais plus du tout combien de fois la question a été mise sur le tapis, peut-être a-t-il fallu davantage de réunions, mais je me souviens très bien qu'un jour César a annoncé les choses comme ça :

— Nous acceptons que tu partes avec ta fille. Mais nous ne ferons rien pour t'aider. L'organisation ne te donnera pas d'argent, comme on le fait avec les membres de *la conducción.* Tu n'auras aucune forme d'aide de notre part. Si tu t'en vas, on te couvre, mais tu te démerdes.

Je me suis alors approchée de César, le maté et la bouilloire à la main.

— Je vais bientôt changer *la yerba.* Je te sers quelques matés sucrés ?

— Oui, tu es gentille…

Il marqua un silence gêné.

Il but très lentement son maté, en marquant plusieurs pauses, jusqu'à ce que l'on entendît le petit sifflement si caractéristique qu'émet *la bombilla* quand il ne reste plus d'eau dans la calebasse. Enfin, baissant la voix et regardant le sol, il ajouta :

— Chaque jour, les nôtres meurent. Ils sont

en train de nous massacrer. On peut encore se battre, il faut encore y croire, mais… je ne vais pas t'empêcher de partir si tu as une occasion… Voilà…

Après un long soupir – c'était comme s'il était allé chercher sa respiration très loin, très profondément – il ajouta :

— On va parler des modalités maintenant. Il vaut mieux que la petite sorte de la pièce.

— Je te sers encore un maté quand même ?

— Non, c'est bon, je peux me débrouiller tout seul, ajouta-t-il avec un rire qui détendit l'atmosphère.

C'est comme ça que nous sommes parties.

Ma mère a réussi à quitter le pays grâce à un de ces hommes que mon grand-père connaissait si bien et pour qui la frontière entre l'Argentine, le Paraguay et le Brésil, à cet endroit où les trois pays se touchent, n'avait aucun secret : c'était sa manière à lui de remercier mon grand-père pour un service qu'il lui avait rendu, autrefois… Ainsi, ma mère a pu quitter l'Argentine puis l'Amérique latine pour trouver refuge en France. Moi, en revanche, je suis venue bien plus tard. Ma mère n'avait pas eu le choix, elle avait été forcée de quitter le pays clandestinement, mais mon grand-père voulait pour moi un départ en toute légalité. Avec mon père en prison et ma mère en fuite, tout a été assez long et plutôt compliqué.

Chez mes grands-parents, nous avons réussi à garder la nouvelle baignoire, mais j'ai eu le temps de voir disparaître plus d'un cendrier et quelques boîtes à musique… Nous avons tous pu vérifier, néanmoins, que certains clients de mon grand-père savaient aussi renvoyer l'ascenseur comme des princes, à l'occasion. Alors, chapeau ! et tant pis pour les cendriers et les rossignols dansants !

Curieusement, je ne me souviens pas du tout de la façon dont se sont déroulés les adieux avec Diana et Cacho. Le climat du pays n'était pas vraiment à la fête, mais peut-être en avons-nous profité pour manger un lapin ? Sans doute.

Diana, je m'en souviens, était alors sur le point d'accoucher. Je me vois encore lui dire combien j'étais triste de partir avant la naissance de l'enfant. Plus tard, j'ai appris qu'elle et Cacho avaient eu une fille, Clara Anahí, née le 12 août 1976.

Quant à ce qui s'est passé après notre départ, les informations me sont parvenues par bribes, au compte-gouttes, au fil des ans et de manière assez confuse.

Des années plus tard, bien après le retour à la démocratie, mon père, qui était libre depuis longtemps déjà – il a été libéré quelques mois avant la guerre des Malouines, comme beaucoup de prisonniers politiques relâchés au moment où la dictature commençait à s'effondrer –, m'a tendu un livre, en me disant : « Tiens, là-dedans on parle de la maison où tu as vécu avec ta mère. »

Il n'a rien dit d'autre. C'est que nous avons vraiment beaucoup de mal à parler de tout ça.

Le livre en question a pour titre *Los del 73, Memoria Montonera.* Il s'agit du témoignage de deux anciens militants, Gonzalo Leonidas Chaves et Jorge Omar Lewinger. J'ai cherché le passage auquel mon père avait fait allusion en me donnant le volume ; ce n'est que dans les toutes dernières pages de l'ouvrage que je suis tombée sur ces lignes, que je traduis ici :

J'ai appris qu'un affrontement a eu lieu à La Plata, alors je suis sorti acheter le journal. Dans La Gaceta *du 25 novembre 1976, j'ai pu lire l'information suivante :* « Dans un affrontement qui a eu lieu hier, peu avant 13 h 40, quand les forces de sécurité ont encerclé les pâtés de maisons situés entre les rues 29, 30, 55 et 56, on a pu constater que l'attention de la police était concentrée sur un logement situé dans la rue 30, entre 55 et 56. Sur la façade de cette maison il y avait une plaque sur laquelle on pouvait lire : Daniel Mariani, licencié en économie. Peu avant de recourir au mortier qui a fait taire la résistance, le commandant Carlos Suárez Mason, du 1er corps de l'armée, a rejoint le combat, de même que le commandant de la 10e brigade d'infanterie, le colonel Adolfo Siggwald, ainsi que le colonel Juan Ramón Camps, qui se trouve à la tête de la police de la province. »

Les tirs ont cessé aux environs de 16 h 55. Quand la police a pénétré dans la maison, ils ont trouvé sept corps : ceux de Roberto César Porfirio, Juan Carlos Peiris, Eduardo Mendiburu Eliçabe et Diana Esmeralda Teruggi. Les trois autres, totalement carbonisés, n'ont pas pu être identifiés.

En dehors de celui de Diana, tous ces noms me sont inconnus. J'apprendrai plus tard que Roberto César Porfirio nous avait remplacées dans la petite pièce du fond : sa femme avait été tuée par un commando paramilitaire et il devait se cacher avec sa fille. Par chance, ce jour-là, l'enfant se trouvait chez ses grands-parents.

J'imagine que les autres personnes tuées pendant l'assaut se trouvaient là pour une réunion. En ce mois de novembre, la situation des Montoneros avait de toute façon beaucoup changé : chaque jour, des membres du groupe étaient assassinés ou enlevés, pour ne jamais réapparaître. La « guerre sale » était entrée dans une nouvelle phase.

L'article reproduit par Gonzalo Leonidas Chaves ne fait pas mention du bébé de Diana, Clara Anahí Mariani, qui se trouvait pourtant avec sa mère dans la maison au moment de l'assaut. Comme tous les jours, son père était parti travailler à Buenos Aires, ce qui lui a valu quelques mois de vie supplémentaires : Cacho a été tué par les forces militaires huit mois après l'attaque de la maison aux lapins, alors qu'il pénétrait dans une autre maison de La Plata située dans la rue 35, à l'angle de la rue 132.

*

Quelques mois après la lecture du livre *Los del 73*, j'ai eu l'occasion d'entrer en contact avec Chicha Mariani, la mère de Daniel – Cacho pour moi. Cette rencontre a eu lieu grâce à un concours de circonstances dont je m'émerveille encore : un dîner tout à fait fortuit avec la mère d'un ami qui a évoqué le nom de Chicha Mariani par hasard, ignorant que j'avais vécu dans la maison aux lapins et à quel point tout cela était encore présent pour moi. Bref, un hasard prodigieux. Peu de temps après un échange épistolaire avec elle, je me suis envolée pour l'Argentine.

*

En compagnie de Chicha, encore bien des années après tout ça, à La Plata, j'ai donc pu revoir ce qui reste de la maison aux lapins. Aujourd'hui, une association s'en occupe et tient à en faire un lieu de mémoire. Chicha est à sa tête.

Sur place, on distingue encore l'emplacement de l'imprimerie clandestine. Une plaque a même été posée à cet endroit, expliquant à quoi servait cet étrange espace étroit, serré entre deux murs, aujourd'hui en grande partie détruits. Mais le mot *embute* n'y apparaît pas, même pas entre guillemets.

Oui, je crois que le terme a définitivement disparu.

Visiblement, l'assaut a été d'une violence inouïe.

Il n'existe pas de mots pour dire l'émotion qui m'a envahie quand j'ai découvert ces lieux qui portent toutes les marques de la mort et de la destruction.

Un tir de mortier a percé une double ouverture. Il a touché la façade avant d'ouvrir un trou identique dans le mur qui séparait la chambre de Diana et Cacho de la cuisine.

Il a littéralement perforé la maison.

Dans le garage, il y a encore la fourgonnette : c'est une épave rouillée et criblée de balles.

La toiture a été en grande partie incendiée. Dans la partie arrière de la maison, là où se trouvaient l'imprimerie et les lapins, il ne reste que des fragments de ce que fut ce lieu il y a bientôt trente ans. Tout n'y est que ruines et décombres.

Je voulais revoir la maison, je voulais surtout parler avec Chicha et essayer d'en savoir plus, le plus possible.

— Et la voisine ? La femme blonde qui habitait juste à côté… Elle est toujours là ?

— La femme qui habitait la maison contiguë a été très affectée par les événements. Tu comprends, il y a des militaires avec des armes lourdes qui ont tiré depuis son toit. Elle s'est mise à faire des cauchemars terribles. Elle n'a plus supporté de vivre ici. Elle a quitté le quartier peu de temps après.

— Et le bébé de Diana ?

— Des voisins ont dit avoir entendu un bébé pleurer pendant l'affrontement. C'est sûr, l'enfant était là. Où aurait-elle pu être ? Les personnes qui se trouvaient dans la maison ont visiblement été surprises par l'assaut et Diana n'a pas eu le temps de faire sortir ma petite-fille. Mais son corps n'a pas été retrouvé dans les décombres. Je suis persuadée que Clara Anahí a survécu et qu'elle a été enlevée par les militaires, comme tant d'autres enfants.

— L'assaut a été violent…

— Oui, d'une extrême violence. Plusieurs hypothèses circulent sur la manière dont Diana a réussi à protéger le bébé des tirs d'armes lourdes et des bombes incendiaires qui ont été lancées sur les militants montoneros. Certains disent que Clara Anahí aurait été cachée par sa mère sous un matelas, au fond de la baignoire de la petite salle de bains. Quoi qu'il en soit, elle a survécu. Je n'ai aucun doute là-dessus.

Je savais que Chicha Mariani était quelqu'un de remarquable, mais plus je la regarde, plus sa force et son courage s'imposent à moi. Cette femme qui a perdu sous la dictature son fils unique et sa belle-fille cherche toujours sa petite-fille disparue, Clara Anahí, sans doute remise à une famille proche du régime et en mal d'enfants. Cela s'est passé ainsi pour des centaines d'autres. Quelques-uns d'entre eux ont été retrouvés. D'autres sont encore recherchés par leur famille : Clara Anahí est de ceux-là. Dans quelques mois, elle va avoir trente ans.

Il y a une question que je n'ose pas trop poser à la mère de Cacho. Une question qui m'obsède depuis de nombreuses années et à laquelle je n'ai pas trouvé de réponse dans le livre de Chaves. J'essaye de la formuler, maladroitement. Chicha devine ce qui me tracasse.

— Tu te demandes qui les a trahis ?

Oui, c'est exactement ce que je me demandais.

L'organisation des Montoneros avait pris énormément de précautions. Or, l'assaut livré contre la maison aux lapins avait, visiblement, été minutieusement préparé : l'étendue du déploiement militaire, les haut gradés qui s'étaient déplacés pour l'occasion, tout laissait à penser que les militaires avaient eu des informations très précises sur ce qui se passait là et sur l'importance de la prise. En dehors de nous, seul César connaissait l'adresse de la maison.

— C'est César, alors ? ai-je demandé.

— C'était qui, César ?

— Le responsable, celui qui s'occupait du réseau…

— Non, ce n'est pas lui. Je ne le connais pas sous ce nom, mais je crois que la personne dont tu parles a été tuée quelques jours plus tard, ailleurs, à La Plata.

Puis, après un long silence :

— Nous aussi, nous avons cherché longtemps la réponse à cette question. Nous ne connaissons pas son nom exact, mais celui qui a permis aux militaires d'identifier la maison, c'est l'homme qui a conçu l'imprimerie clandestine.

— L'Ingénieur ! Mais ce n'est pas possible. Il arrivait toujours caché sous une couverture, il ne pouvait pas savoir où la maison se trouvait. Il savait juste que c'était quelque part à La Plata...

— Il ne savait peut-être pas où elle se trouvait, mais il l'a identifiée sans problème. Il a été arrêté et il s'est dit prêt à collaborer. Il a décrit l'endroit, a insisté sur son importance stratégique : c'était le cœur de la presse montonera...

— Oui, mais...

— Ils ont survolé avec lui toute la ville en hélicoptère. Méthodiquement, quartier par quartier, pâté de maisons par pâté de maisons, ils ont passé au peigne fin la ville de La Plata depuis les airs. Cet homme ne connaissait pas l'adresse de la maison, mais il avait le plan en tête, il en connaissait parfaitement le dessin et la configuration, il connaissait jusqu'aux matériaux dont elle était faite. Il a parfaitement su la reconnaître.

— Il est où, maintenant ?

— Là-dessus, différentes hypothèses circulent également. Certains disent qu'il est en Australie, d'autres parlent de l'Afrique du Sud. Mais j'ai rencontré quelqu'un qui m'a dit qu'il avait été tué par les militaires eux-mêmes après tout ça.

C'était donc l'Ingénieur. Avait-il infiltré le mouvement dès le début ou avait-il tout simplement craqué sous la torture ? Quoi qu'il en soit, il savait qu'un bébé de quelques mois à peine habitait là.

J'essaye de l'imaginer dans cet hélicoptère, tournant au-dessus de la maison. Je l'imagine disant : « C'est cette maison-là, j'en suis sûr et certain. »

Se pourrait-il qu'il vive à présent, tranquillement, quelque part ?

Tranquillement, non.

Je n'arrive pas à le concevoir.

*

Tout ça tournait dans mon esprit. Une fois revenue à Paris, je me suis précipitée sur un vieux volume d'Edgar Poe et j'ai relu *La Lettre volée*, celle des nouvelles de Poe que l'Ingénieur m'avait dit préférer.

L'action se passe à Paris. Un enquêteur brillant, le chevalier Auguste Dupin, y applique avec succès, en effet, la théorie de l'« excessive évidence » que l'Ingénieur avait exposée, voilà trente ans, devant le faux dernier mur de la maison aux lapins.

Je me souvenais avec une grande netteté de son regard et de son sourire tandis qu'il exposait sa théorie. C'était étrange d'entendre ainsi, de nouveau, l'Ingénieur, derrière les mots de Dupin. Mais, subitement, le fameux passage sur l'« excessive évidence » m'a glacée. Je l'ai immédiatement relu, incrédule d'abord.

Puis épouvantée.

Depuis, je l'ai relu plus d'une fois.

Je le reproduis ici dans la traduction qu'en fit Charles Baudelaire :

Il existe, reprit Dupin, un jeu de divination, qu'on joue avec une carte géographique. Un des joueurs prie quelqu'un de deviner un mot donné, un nom de ville, de rivière, d'État ou d'Empire, enfin un mot quelconque compris dans l'étendue bigarrée et embrouillée de la carte. Une personne novice dans le jeu cherche en général à embarrasser ses adversaires en leur donnant à deviner des noms écrits en caractères imperceptibles ; mais les adeptes du jeu choisissent des mots en gros caractères, qui s'étendent d'un bout de la carte à l'autre. Ces mots-là, comme les enseignes et les affiches à lettres énormes, échappent à l'observateur par le fait même de leur excessive évidence *[...].*

Depuis que j'ai relu ce passage en entendant résonner dans ma tête la voix de l'Ingénieur sur les mots de Dupin, je ne peux m'empêcher de voir dans les militants montoneros qui croyaient se protéger en demandant à l'Ingénieur de se cacher sous une couverture chaque fois qu'il se rendait dans la maison aux lapins les « joueurs novices » d'un jeu assez semblable à celui qu'évoque le personnage de Poe. En « adepte du jeu » et en lecteur averti, l'Ingénieur avait seulement transposé le jeu que Dupin avait vu réaliser sur « une carte géographique » à la configuration de la ville réelle. Il avait juste changé d'échelle. Et d'enjeu.

Dès lors, il n'avait nul besoin, en effet, de connaître le numéro qui figurait à côté de la porte de la maison, pas même celui de la rue, puisqu'il était capable de lire, depuis le ciel, les lignes et les traits qui dénonçaient la maison. Il avait su déchiffrer les lettres énormes. Les gros caractères.

*

Mais on n'a pas pu faire d'une nouvelle de Poe une arme pour servir la guerre sale. On n'a pas pu se servir de tant de subtilité et d'intelligence pour massacrer des gens. Et si quelqu'un l'a fait, en tout cas, il n'avait pas le droit.

Il y a des manèges subtils, trop subtils. Parfois ils sont barbares. Des stratégies pour dominer autrui et avoir le dernier mot. Pour retrouver une lettre volée, ou pour sauver sa peau, quitte à provoquer un massacre ?

Non, ça ne peut pas être si simple. Et Poe ne peut pas être de mèche. Non. Pas plus que Dupin.

Je veux croire qu'il y a le hasard.

Je veux croire aussi qu'il y a bien d'autres « excessives évidences ».

Il existe des hommes disposés à faire passer une frontière à la fille d'un ami, au risque de se faire trouer la peau, juste pour dire merci à cet ami.

Clara Anahí vit quelque part. Elle porte sans doute un autre nom, elle ignore probablement qui furent ses parents et comment ils sont morts. Mais je suis sûre, Diana, qu'elle a ton sourire lumineux, ta force et ta beauté.

Ça aussi, c'est d'une excessive évidence.

Paris, mars 2006

DU MÊME AUTEUR

Aux Éditions Gallimard

MANÈGES. PETITE HISTOIRE ARGENTINE, 2007 (Folio n° 5883).

JARDIN BLANC, 2009.

LES PASSAGERS DE L'*ANNA C.*, 2012.

LE BLEU DES ABEILLES, 2013 (Folio n° 6006), prix littéraire des Rotary Clubs de langue française 2013 et prix de soutien de la Fondation Del Duca 2013.

LA DANSE DE L'ARAIGNÉE, 2017 (Folio n° 6534), prix Marcel Pagnol 2017.

Tous les papiers utilisés pour les ouvrages des collections Folio sont certifiés et proviennent de forêts gérées durablement.

Composition Nord Compo
Impression Novoprint
à Barcelone, le 8 novembre 2024
Dépôt légal : novembre 2024
1er dépôt légal dans la collection : janvier 2015

ISBN 978-2-07-046243-8 / Imprimé en Espagne

650076